fractal

fractal
Carlos Quiroga

Copyright © 2021 Carlos Quiroga

Editor
Rodrigo de Faria e Silva

Revisão
Faria e Silva Editora

Projeto gráfico e Diagramação
Estúdio Castellani

Capa
J.R.Penteado

Imagem da Capa
Fotos do autor

Dados Internacionais de Catalogação na Publicação (CIP)

Quiroga, Carlos;

Fractal / Carlos Quiroga, – São Paulo: Faria e Silva Editora, 2021.

168 p.

ISBN 978-65-89573-48-7

1. Literatura Portuguesa 2. Literatura em outras línguas

CDD 869   CDD 890

FARIA E SILVA Editora
Rua Oliveira Dias, 330 | Cj. 31 | Jardim Paulista
São Paulo | SP | CEP 01433-030
contato@fariaesilva.com.br
www.fariaesilva.com.br

Fractal é umha palavra cunhada por Benoît Mandelbrot a partir do adjetivo latino *fractus* —quebrado ou partido, mas tamém irregular. Mandelbrot sugeriu que a geometria pudesse descrever o formato das nuvens, das montanhas, das árvores ou da sinuosidade dos rios. O mesmo que as palavras, que tanto podem descrever fractais como até fazer geometrias.

Sumário

1	promessa póstuma	9
2	restos de naufrágio	13
3	testemunha involuntária	17
4	Santiago de Compostela a Negreira, 20 Km	22
5	contorno de abismo	25
6	tristeza grega	31
7	2ª etapa, até Olveira, 34 Km	33
8	morte de Óscar Guai	35
9	outra ternura	40
10	3ª, até Fisterra, 30 km	44
11	horizonte imenso	48
12	surpresa dolorosa	51
13	Fisterra a Mugia, 20 km	55
14	lamento da pestana do Pindo	57
15	ressaca e reparaçom	58
16	quarto partilhado	63
17	mais mortes, corvos	66
18	Valéria vai ao seu	68
19	elas falam deles	73
20	amor, amores	79

21	Amor tamém, essa quimera	83
22	conversa do comparte	89
23	recorte de espectro	91
24	índio melancólico	94
25	acidente do Prestige	98
26	morte do avô José	102
27	vizinha inesperada	109
28	zona catastrófica	114
29	morte do pai José	118
30	maldiçom de Petrarca	125
31	morte de Man	130
32	vida de José, incógnita	134
33	distância insular	136
34	inocentes no cemitério	140
35	restos de vida escondida	146
36	medicina preventiva	148
37	Jonas nas dunas	153
38	horizonte em chamas	158
39	escrita e espelho	160
	posfácio explicativo	162

1

promessa póstuma

Lazzarini

Meu nome é Luiz Alberto de Freitas Lazzarini e sou juiz aposentado em Belo Horizonte (MG). Tenho 56 anos de idade e sou viúvo. Fiz o Caminho a *Finisterra*, ou Fisterra, realizado pelos peregrinos que desejam conhecer o mar e ver o "Fim do Mundo", ou o "Fim da Terra", ou ainda "A Costa da Morte", também assim chamada. Fiz sozinho, em agosto do presente ano, como homenagem póstuma à minha mulher falecida em junho. Ela tinha na verdade o desejo de fazer desde *Roncesvalles*, e até tinha feito planos muito concretos, calculando dedicar ao todo 29 dias, sendo 27 de caminhada, com paradas de um dia em Burgos e León. Seu contato com o Caminho aconteceu a partir da leitura do livro "A Estrela no Caminho", do jornalista amazonense Tenório Guevara, e creio que já alguns anos antes tinha lido alguma coisa do Paulo Coelho que causou suas primeiras inclinações. Mas eu, desaparecida ela, com medo de bolhas e não gostando especialmente de caminhada, achei que a rota do "Fim do Mundo", ou se se quer "A Costa da Morte", se ajustava melhor ao meu estado de ânimo e ao tipo de homenagem que pretendia. Nem ela nem eu pensávamos na caminhada por razões religiosas, porque ela não seguia nenhuma religião formal, e eu também não. Em mim, a ideia foi se insinuando nas semanas posteriores à sua morte, e foi, para além da homenagem que já disse, uma espécie de necessidade para repensar o rumo da minha vida. Entre a minha esposa, feita assim presente, e a outra ponta e fala que achei no fim do caminho, triangulei o acontecido numa prova enfrentada a partir do meu olhar perplexo. Pego e reviso agora as anotações que determinei recolher desde o início, talvez para preencher a área vazia que sentia em volta nesta altura de minha vida cheia de incertezas. Confesso desde já que não tive nenhuma iluminação excecional, mas mesmo assim foi uma bela experiência. Espero que o despretensioso relato de minha jornada sossegue a memória da minha companheira morta. E possa ser de alguma utilidade para quem pretender futuramente deixar a marca de seus passos naquelas veredas milenares.

Sendo os propósitos do meu percurso, como disse, algo diferentes da maioria dos milhares de peregrinos que trilham as várias rotas do Caminho de Santiago, achei mais natural me afastar de alguns lugares comuns. Não me preocupei assim com a chamada credencial do peregrino, pois até teria que ser feita outra escolha de itinerário, nem pensei na caminhada como um modo de conversar, conhecer pessoas ou compartilhar pensamentos. Ao contrário. Quando soube que algumas associações da terra organizavam uma peregrinação por esta rota, e ela era realizada sempre no primeiro fim de semana do mês de agosto (permitindo incluir Quinta, Sexta,

Sábado e Domingo), até delonguei a minha saída para não coincidir com a tal "Peregrinación Internacional a Finisterra y Muxía". Nunca tinha caminhado sozinho, mas seguia o instinto com minha tentativa que devia ser solitária. Me preparei só com alguns treinos simples e como o que pode importar para os Amigos do Caminho, que me incitam a tentar estes Diários, é o percurso propriamente de caminhada, começarei já a partir de Santiago, onde cheguei por meios aéreos. Foi também na própria cidade do Apóstolo que me fiz com mochila e cajado, ténis no lugar de botas, pois sabia que estando novas me iriam fazer fraco serviço e bolhas iriam dar problema. Também no meu caso não aceitei prescindir de telefone ou relógio, como os peregrinos puros gostam. Portanto isso e mais alguma coisa levei comigo.

Os leitores deste tipo de crónicas já sabem que a região está situada nos confins do velho continente, em um dos pontos extremos da Europa, e é considerada como uma terra mágica, cheia de lendas e tradições que a cada dia se projetam transformando-se em um polo turístico. Por isso não vou incomodá-los com mais dados históricos ou descrições das belezas das paisagens costeiras, riqueza do patrimônio, faróis, gastronomia. Tudo é excelente e vou procurar apenas recolher o essencial, para além de na parte final aquilo que pode ser algo muito mais particular, quer dizer o meu jeito de balanço e até aquilo que achei fosse de proveito ou mesmo diferencial a respeito de outros relatos.

Fiz esta rota nas quatro jornadas clássicas: Santiago/ Negreira/ Olveira/ *Finisterra* [Fisterra] / Muxía [Mugia].

Quanto às hospedarias ou albergues típicos do Caminho, vários nas diversas etapas, servi-me deles em Negreira, Olveira e *Finisterra* [Fisterra], pois eram os que no momento estavam em funcionamento. Em *Muxía* [Mugia] fiquei alojado numa pensão e daí voltei de ônibus a *Finisterra*, ou Fisterra, alojando-me desta vez em hotel durante três noites, pois tinha prevenido algum dia de maiores para o caso de não cumprir o ritmo previsto. Regressei a Santiago também de ônibus, para a mesma Pousada da partida.

2

restos de naufrágio

Aline

15 de Agosto

Estou arrasada e sinto-me umha merda. Primeiro foi umha bofetada brutal que me deixará marcas para sempre. Esse golpe no corpo que me sacudiu a existência toda e ainda dói. Depois isto, acordar pouco a pouco para algumha esperança e descobrir-me nisto. No recanto obtuso dum triângulo. E suponho que será umha ideia absurda agora querer escrever sobre outra cousa, como terapia da cousa. Como se houvesse outra cousa.

O mais estranho é tentar fugir de tudo isso no meio de um país em festa, como a escarnecer dos meus olhos molhados, ao pegar no carro e guiar sem rumo. Guiar para o horizonte mais remoto até me cansar, perder. Só perguntei no fim da tarde ao pôr gasolina e falaram-me de umha casa dos anos 70 a pé de praia que aluga quartos. Pretende chamar-se *El Paraíso*, embora ao vaidoso nome lhe faltem bastantes argumentos. Maruja é a ama suprema disso. Um tal Bernardino, ex-camioneiro com paragem no amor dela, anos atrás, só aparenta comandar o negócio. Humilde ocorrência para apanhar ocasionais seres extraviados a quem baste umha cama e algum silêncio. Para esconder umha noite gente exausta. Raros caminhantes de prolongamentos jacobeus. Tamém para esconder, ao contrário, gente que se queira extenuar, clandestina. Pares tardios para um sexo adolescente e furtivo. Gente que fica pouco e raramente vários dias. Para mim serve e tanto tem que as janelas fechem mal e se metam os insetos. A Maruja e a família moram abaixo e alugam por quartos o andar de cima, sem se meter em nada. Modéstia toda. O conforto é vulgar, vem tudo de fora e no adivinhar o mar por trás da mata. Do jardim e dos cães em volta. Um sossego impressionante que defende tudo, casa precária, cães impertinentes e jardim voluntarioso. No fim do mundo, para onde o inconsciente me impele. E a semana por diante para descobrir as raias da mão nestes contornos.

Moitas das pessoas que aqui nasceram parece que acabaram por partir. Emigrar. Já ao contrário, vir de fora aqui parar, e ficar, polos vistos é mais raro. Salvo para uns poucos. Maruja e a sua estranha família é dos que ficaram sempre. Separando os pés e resistindo. E ao tempo está o Bernardino, oriundo de umha aldeia de Salamanca. Nom que me interesse nada tudo isso, mas ela fala polos cotovelos e esforça-se por me deixar bem informada. E ao cabo interesso-me. Assim sei que o bom Bernardino deveu passar umha infância pobre para ir depois à tropa receber humilhações. Com sorte de ter ficado com a carta de conduçom que lhe permitiu guiar camiões. Durante cinco anos trabalhou para pequenas empresas salmantinas na regiom. Depois começou a ir mais longe a transportar peixe. Quando conheceu umha moça ao pé do mar tenebroso no fim da terra, que reparou nele e lhe pediu ficar, nom pensou duas vezes. Ela conta e interrompe-se de repente, apanhando-me de sobressalto,

quê tens nos olhos, nena? Entrou-che algumha cousa...?
Entrou, entrou,

mas dissimulo e ela continua a narrar encantada. O seu home deixou o ofício de transportador de peixe fresco e começou a trabalhar numha lancha de salvamento, resgatando cadáveres igual de frescos e molhados, marinheiros naufragados. Nom sabe nadar ainda hoje, mas nom era preciso, dizia ele, nem era na altura obrigatório saber, ou nom perguntavam. E com certeza o trabalho era com lancha, ri ele. Raramente conseguiam apanhar algum vivo, que aliás dava mais trabalho que os mortos,

todo hay que decirlo,

completa ele, que estava a ouvir e aparece, no seu castelhano salmantino, cristalino, e algo mais quer explicar. Os desastres acontecem habitualmente em inverno. As águas ficam com frieza terrível. E na época nom existiam roupas protetoras que valessem à gente que trabalhava no mar. Isso conta o próprio Bernardino que tinha estado com a orelha atrás e afinal só era tímido e nom agreste. Até quer demonstrar como de heroico tinha sido. Porque certo dia ele e os da lancha foram tirar do mar um holandês grande como um armário. Estava branco nas águas verdes e ferozes, o holandês. Tinha as mãos e os pulsos desgarrados de tentar agarrar-se às pedras da costa. Era um tipo que tinha ido dar um desses banhos valentes como só os europeus solitários do Norte, da Alemanha do Man para cima, para admiraçom de aborígenes. Bernardino ocupou-se de guardar as cousas do holandês para dar a umha mulher tamém do Norte, que viria recolher. E quando ela apareceu, alguns dias mais tarde, o Bernardino alucinou,

> *era una mujer bandera, la más espectacular que vi en mi vida.*
> *anda daí, velho verde!*

Ambos ficam rindo.

Eu só consigo fingir um sorriso de desculpa. E subir.

Com umha infinita vontade, que sei ridícula, de ainda chorar.

3

testemunha involuntária

Rafael

Como me chamo para nada essencial da história importa. Nem importa se tenho feito isto ou aquilo e se me tenho comportado com maior ou menor decência. Se alguém quer julgar honestidades de narrador ou de quem mais por aqui andar, leia antes as palavras que se arranjam nestas páginas, onde elas cumprem a obrigação de acontecer de modo honesto, umas com as outras, que diria Steinbeck. Isso é que importa. Palavras que ocorrem na forma de texto, a sua natureza, para deixar em paz e encerrar uma narrativa. Para também deixar em paz as próprias palavras. E talvez sossegar a perturbação de uma vida. O que fique dela a se extenuar, e o resto em volta, porque uma vida sempre é algo complexo, cheio de triângulos que embalam outras vidas e triângulos, tudo obstinado, tudo interferido, uns dentro doutros. Portanto digamos que me vejo aqui convocado para falar apenas de um outro indivíduo, chamado Mateo, como uma espécie de testemunha involuntária, ele vértice de mim. E convocado ou autoconvocado porque se conta para o papel ou bem para o desconhecido aquele segredo que não se conta para um amigo amado, e eu sou o desconhecido, cabe-me o papel de papel no triângulo. Eis, portanto, o rito de escritura que necessita molhar a pena em cabeça de corvo, para escrever e curar completa a outra pena que por trás disto anda.

[pensando bem, e mesmo não importando nome verdadeiro para me armar em narrador, será prático designar a minha máscara na própria narrativa, onde quase tudo é verdadeiro: serei Rafael, como o arcanjo, cuja memória deste modo adopto sarcasticamente, para antecipar o teor do que vou anunciar, executando ainda todos os tipos de cura por aquele praticadas, física, psíquica e espiritual]

Vamos então ao Mateo. Um tipo reservado que guarda segredos e partes da sua vida até por ele esquecidas. Que ele partilhasse com um arcanjo transmontano é caso e acaso que em breve se verá.

O que eu sei dele não é, no entanto, muito. Mas é concreto e até bastante íntimo. Sei por exemplo que no sexo é sempre calado, mudo. Sei que se entrega e toma outro corpo em silêncio, no princípio da noite ou mais raramente antes justo do dia, silente. Talvez porque nisso do sexo desse modo fosse iniciado. Talvez porque o sexo dele tenha sido de princípio furtivo. Enfim. Foi ficando no hábito. E assim, seja apartamento poroso para ouvido do vizinho ou casa isolada sem ninguém ao lado, o sexo dele era e deve ser ainda silencioso. Quase não diz uma palavra para a outra pessoa. Sexo a dois, é evidente. E ignoro se isso é corrente, invulgar, ou tem uma explicação simples. Já digo, talvez no seu caso se deva a que assim começou por ser na juventude, prevenção de ser apanhado, não estou certo. Preferivelmente deve ter a ver com determinado carácter, porque continua igual depois de casado e já bem adulto. Porque vale preferir a privacidade contra estranhos e mesmo família, particularmente a dela, pois tinham morado uns meses com os pais de Aline, mas é que inclusive depois, quando completamente livres, independentes salvo na altura concreta de chegarem filhos de dormir ao lado, ele continuou igual, calado no sexo. Algo terá contribuído o hábito, mas também acredito que tenha a ver com a forma de ser. Enfim. Talvez foi achando nessa forma de fazer sexo um deleite, subtil sensualidade calada, um gosto de se recriar nos sentidos sem distração de palavras. Palavras faladas, porque agora que penso ele é muito de escritas. E ao tempo na vida corrente é que é de boca calada. Salvo às vezes. Mas já lá vamos.

Sei eu isso do sexo que raramente se sabe de alguém, porque nunca se conta, e sei mais da sua intimidade afetiva, ainda que não saiba muito em geral doutras coisas da sua vida. Sei desse recôncavo extremo dele, desses instantes de pequena morte ou contentamento sumo, na volúpia do ato, como se tivesse estado muitas vezes a espiá-lo. Mas juro que nunca espiei. Antes ao contrário, foi ele que espiou. Foi até por culpa dele, por ele querer, insistir, que eu sei. E assim sei que se habituaram ambos, ele e a mulher, a conhecer-se cada canto do corpo, e o seu instinto, o efeito de cada gesto, como em câmara lenta. E o prazer de Mateo até por ser previsto e certo era seguro e duradouro, nesse costume do mutismo. Por alguns anos a fio.

Houve sexo por parte dele noutros corpos, poucos, mas nunca nessas ocasiões terá sido melhor. Ele não sabia se Aline teria provado uma vez que fosse o prazer do sexo com outro. Isso me contou. Imaginava um *não*, sem nunca ter perguntado, nem querer realmente saber. E é que nunca tivera uma ideia sagrada da união de ambos. No princípio aproximara-os essa química complexa que costuma preencher-se com a palavra *amor,* mas que ele se negara sempre sempre a usar como se fosse uma lei. A palavra *amor*, digo. E em breve as condições se acertaram para um casamento teoricamente desejado pelo pai moribundo dela. E deram-lhe o gosto. Morreu em paz o homem. E ficaram eles juntos. A questão dos filhos, que se colocou a seguir, resolveram abordar com dúvidas e resultou como costuma, deslumbrante e ao mesmo tempo complicativo. Mas assumiram como gente responsável. E continuaram na fugida avante por anos. Alguns. E com o tempo veio a confiança, o cansaço e também as crises.

Mateo entregava-se ao sexo em silêncio no princípio da noite ou mais raramente no início do dia, sempre silencioso pelo que eu sei, e Aline julgava que ele não era nada romântico. Nunca dizia coisas bonitas nem falava nunca de *amor*. Nunca. Mas Mateo escrevia. Escrevia sobre isso e outros assuntos porque era especialmente esse o seu modo de dizer. Ele tinha sido deseducado em família dura, modesta e sem abraços, parece, que o tinha mutilado para qualquer demonstração espontânea de afetos. Parece, porque digo por indícios. E porque ele escrevia deles. Dos afetos, ainda que da família nada contasse, nunca. Necessitava escrever disso, dos afetos, e de muito mais. E ele recebia-os de volta, os afetos, em ocasiões de pessoas que liam os seus livros. Algo que Aline não fazia. Nunca. Aline nunca lera um livro dele, quase nem uma página que fosse, talvez alguma linha. No fundo acontecia um bocado como naquele conto do Eça de Queirós sobre um poeta lírico: Aline só lia noutro idioma que não era o da escrita dele.

4

Santiago de Compostela a Negreira, 20 Km

Lazzarini

Saí da *Plaza del* Obradoiro em direção oeste, o ocaso por diante, pela *calle* Hortas, depois pela *calle Poza* de Bar e *San Lourenzo*, que conduz à carvalheira do mesmo nome.

[Veja quem lê como vou escrevendo nomes com itálicas: é isso que está nas minhas anotações, mas depois das controvérsias a que no final me vou referir, fico relutante a usar os nomes como via escritos em placas e mapas. Mas também outros sem maior pesquisa por enquanto não ouso...]

Entre os carvalhos divisava-se o convento franciscano de *San Lourenzo*. Baixando à direita, a partir do primeiro indicativo jacobeu, atravessei a ponte velha sobre o Sarela e tomei um caminho à esquerda bordejando o rio, para depois desviar-me à direita em direção à aldeia de *Sarela de Abaixo*, ou *de Baixo* [as dúvidas sobre os nomes que escrevi e devia escrever continuam sempre]. Desde este núcleo segui um novo caminho paralelo à estrada que liga Santiago com Noia. Este trajeto passa pelas aldeias de *Moas de Baixo, Carballal* [ou *Carvalhal?*] e pela parte de trás de Roxos, e continua por uma pista até chegar à aldeia de Portela. Segui a estrada AC-453 em direção a Portomouro, passei por Ventosa e os povoados de Ames, *Lombao* e *Augapesada*. Aqui me desviei à esquerda passando pela ponte medieval, continuei por uma *calle* empedrada até encontrar com a estrada, segui em frente por um caminho recém recuperado que sobe a aba do *Mar de Ovellas*. À medida que ia subindo a pesada encosta podia desfrutar de uma atrativa vista sobre o formoso vale de *Amaía*, que deixei às minhas costas. Na baixada se encontra a Paróquia de Santa Maria de Trasmonte. Passei por Reino e Burgueiros e entrei na formosa e bem conservada aldeia de Ponte Maceira, formada em ambas as margens do rio Tambre e unidas por uma ponte medieval. Cruzei o rio por esta impressionante ponte, à saída me encontrei de frente com a *Capilla de San Blas*, do século XVIII. Girei à esquerda e mais adiante tomei um caminho que bordeja o rio e passa por baixo da ponte nova. Depois continuei por um trecho de caminho paralelo à estrada AC-450, até antes de chegar à aldeia de Barca. Ao passar por este núcleo tomei um desvio à esquerda até à Chancela. Na subida vi à esquerda o *castro* de Logrosa...

[de novo hesitando sobre as minhas anotações toponímicas, sinais e mapas discordando do que por um triz bem percebo ou escuto, como se os naturais me falassem num brasileiro estropiado...]

Depois de passada uma zona arborizada, a pouco de começo da baixada para a *villa* de Negreira, passei pela frente do importante *pazo* de Chancela. Em breve, entrei pelas primeiras casas da v*illa* [Vila, sem dúvida] de Negreira. Ao chegar à estrada principal, que nesta parte do núcleo se transforma em uma ampla avenida, girei à esquerda e passei defronte de um monumento ao peregrino, que dá as boas vindas à histórica *vila* nicrariense, onde terminei esta primeira etapa.

Ao começar a travessia inicial eu mesmo [na exata manhã, anotei] pensava estar decidido a não mais trocar conversa com as pessoas, podendo a caminhada servir até de boa desculpa talvez, entendida quem sabe como uma espécie de voto de silêncio. Até poderia parar-me nas passagens estreitas, pontes medievais ou modernas, estacar bem no meio do caminho, sugerir a dúvida de ir ou não ir, sempre calado, causar engarrafamento humano atrás de mim, sempre calado, e ocorrências como esta me causaram algum repentino riso no passeio solitário. Mas algo me aconteceu que não consegui me resolver de vez ao voto aquele, ainda que certamente houve mínimas oportunidades, e por isso até me pareceu natural dizer alguma palavra quando a ocasião se deu, e por isso até quase acabei pensando se não devia fazer o contrário. Ambas as coisas me causaram de repente receio. Talvez seja um problema da idade. A gente passa dos cinquenta e vai ficando cada vez mais covarde, com medo da solidão, com medo de não se adaptar a outros modos que não sejam os do lugar onde vivemos nossos reveses cotidianos. Preferimos esses numa espécie de masoquismo que nos vicia antes que arriscar a humilhação mais pequena que nos fustigue com o inesperado.

5

contorno de abismo

Aline

16 de Agosto

Estou sentada numha toalha azul e escrevo. Continuo na terapia. Continuo sem jeito, sei, mas só por causa de Irene, a quem me custa tomar a sério como psiquiatra por ser amiga. Ela sugeriu este raro tratamento. Com alternativas. Falar para um gravador. Escrever num caderno. Diário. Algo similar e assim, para mim, do modo que eu melhor entender. Podia ser só para descontrair e por descontado para ninguém ver, ouvir. Assim que farei só por provar. Retomando um vício da adolescência de que ninguém sabe e de que um dia queimei as provas. Sem dizer nem para ela, Irene. Só me provando e me dizendo e traduzindo de telemóvel para umha língua que nunca usei por escrito. Só sem contar para ninguém desta fuga idiota e deste jogo burro. Porque vou temendo, tremendo, parecer umha louca mesmo.

Nom sei bem que fago, mas por enquanto sigo o instinto de me esconder. E ainda que já nom me lembre de escritas, ainda que tivesse achado que o modo de ser adulta era abandonar escritas, vou escrever isto de novo para mim. Adolescente de novo. Carente, clandestina, desnorteada de novo. E sem jeito, como entom. Na fuga de curar traiçom, separaçom, depressom. Para me distrair profundamente no que tenho em volta. Vejo.

De óculos de sol. Boné branco e roupa interior por baixo da t-shirt. Tenho ao lado os sapatos de pele e a mochila negra. E escrevo. De quê...? Qualquer cousa menos do passado, de mim, do presente, do acontecido... Acerca desta manhã, que nom prometia dia de praia, que esta nom é terra de turistas. Mas vou fingir. Ao abrir a janela entrou-me o nevoeiro de primeiras horas polas veias adentro. Atmosfera peganhenta que se colou no corpo desagradável. Vestim os *jens* [será que nom tem outra palavra que nom seja inglesa?] e os sapatos de pele, a mochila e o boné de lona com a sua fitinha preta. Descim. Dous ou três cães vieram farejar-me os pés. Só cães, e a senhora Maruja, que me perguntou se queria café, chá, *colacao*. Aceitei um colacao com bolachas, um café. E algumha pergunta,

> *e logo como tens tam pouca cousa, nena, seique che pesava a bolsa?*
> *chega-me bem... Vou ir comprar algo agora na vila.*
> *à tarde o dia vai abrir. Ficas moitos dias, nena?*
> *ainda nom sei, até ao 21 polo menos.*
> *mira, e que nome é esse, nena, os teus pais eram estrangeiros? Nunca tinha escoitado isso de Alim. Aline. Nom. Pareceu-lhes bonito.*
> *bonito é. Ora que raro de raio tamém. E estás solteira ou separada?*
> *casada...*
> *ah...*

Viu a minha cara e calou. O meio e a companhia nom é bem para escritas. E na casa nem conforto nem precisamente fácil passar de incógnito. Parece que construíram isto voluntariosa mas precariamente, obra do Bernardino e dos filhos, com material aproveitado aqui e ali. No baixo sempre estám nestes dias os netos da Maruja ou ela própria, a rondar entre as plantas ou no prolongamento da cozinha lateral do rés-do-chão. E chega cada figura... No outro dia um tipo novinho com carro *macarra* [nom acho traduçom] e fulana sem vergonha a passar a noite. Barulho de ranger a cama e arfar até às tantas. Desgraça de precipitar-me na fuga, na escolha, em tudo. Mas tenho pena pirar agora. Tamém algo de simpatia por isto assim algo precário. Por Maruja. Deixemos andar.

Telefonei para a minha mãe conectando por um momento o aparelho. Nom quero querer ver chamadas perdidas nem mensagens. Ligar e perguntar. Ainda que seja ela quem tenha mais que dizer. Perguntar. *Como lo llevas, cariño. Que tal estás. Como andas.* Eles, maravilha. Os rapazes que vam crescidos. Quase nem perguntam eles. Férias é nom parar nem dormir. Esquece-te deles. Descontrai. Passa-o bem... Notei a preocupaçom. *No harás una barbaridad.* Nom mamã. Vou às compras. E vou desligar mesmo como prometido. Uns dias. Adeus.

O céu, entretanto, mais coberto. Insinuava-se umha incidente chuvisca desagradável. Deixei as sacas no carro estacionado no porto e pola escada encapsulada entre as casas ganhei a rua perpendicular à procura do café que se pendura em galeria para o lado dos barcos. Contra as vidraças, estrangeiros bastante jovens com botas de *tracking* e roupa de chuva a secar sobre as mochilas a cores. Trocavam experiências do seu prolongamento do Caminho. Alguns nom falavam a mesma língua e mostravam num mapa o percurso para os outros. De vez em quando todos se calavam e olhavam com fascínio para o mar entrevisto e pressentido por trás dos vidros.

O tipo com bigode que atendia o local inclinou-se para o que suponho um freguês habitual por fora do balcom. Sobre os cotovelos, de braços cruzados. Nom pareceu imediatamente disposto a atender-me. Sentei-me a poucos metros num tamborete alto. O do bigode tinha diante o outro tipo, cabelo supercolado em fixador e impermeável verde, e confidenciava para ele algum segredo. O do fixador parecia interrogá-lo com os olhos sobre algum detalhe. E o do bigode permitia-se levantar a voz de vez em quando para indicar que estava a fazer com ele um grande esforço confessional,

> *o que me contaram, a ver se me entendes! Eu nom ia contar umha cousa pola outra!*

Pareceu-me entender a palavra tripas, agarradas com as mãos, pareceu-me que o do bigode falava de tripas de fora e de achar bem. E o home de cabelo supercolado e impermeável verde tamém achava porque acenava com a cabeça,

> *o Óscar Guai qualquer dia descansa em paz no país dos corvos!*

Concluída a troca, o do bigode em alto veio perguntar--me *O que vai ser*. Café. Um peregrino mais idoso entrou ainda da rua e perguntou, num portunhol bem brasileiro, onde podia comprar a bandeira negra do *Nunca Mais* como a que estava pendurada na parede. O empregado respondeu que nom sabia e seria difícil achar, mas se pagava bem ainda lhe vendia esta. O brasileiro, deveras sério e incapaz de processar a ironia, comentou que entom ia ver, e se nom achar ainda falavam à sua volta de Mugia. Partiu. O do bar foi bater na máquina do café, abanando a cabeça. *Estes caralhos pensam que podem comprar tudo*, afirmou para o confidente do impermeável verde. Eu reparei na parede com a bandeira, e o eco da sua frase gritante entrechocou-me de sentido e medo. Quis olhar apavorada algo novo, imediato, controlável, algo que enfrentar. Esquecer. Parada no meio da ponte, umha pessoa pode olhar as águas que descem ou as águas que chegam. Tamém olhar para a própria ponte. Tenho mirado mais do devido para as águas que descem. Talvez tamém para a própria ponte. Tenho de olhar mais para as águas que chegam. Talvez atravessar a ponte. Escrevim.

À tarde o céu abriu. Júbilo de sol benigno em calmas pachorrentas. Achei que nom dava para banho, mas valia a pena mudar de paisagem. Este canto do mundo nom é prá turista, mas é bonito. Vento, as águas mais frias, a praia mais selvagem. A que dá para mar aberto. Aos pés o paroxismo trágico do abismo...

(que a Irene nom apareça por este litoral catar doentes!)

E basta. Este barulho, o movimento poderoso das ondas magnetiza...

a angústia das rupturas & roturas
mais pungente que o sexo, no siso
tardes calmas de corpos distantes
só o sol um afago sedativo para a alma
o medo a perder que tudo altera
comove, descontrola, apavora

6

tristeza grega
Rafael

Mateo sofria por essa causa como aquele Korriscosso exilado em Londres, humilhado a partir nacos de rosbife ou de presunto de Iorque no pobre restaurante onde trabalhava – selados aqueles lábios donde pendera o Parlamento de Atenas, salvo para perguntar de sorriso lívido, *Passado, mais passado ou meio cru?* Sim, idêntico àquele que era só um grande homem em grego, a sua língua materna, de alma invisível para uma Fanny, criada de todo serviço em Charing Cross, a quem amou desde o primeiro dia que entrou no hotel, no momento em que a viu lavando as escadas de pedra, com os braços roliços nus e os cabelos louros, os fatais cabelos louros, desse louro que entontece os meridionais – cabelos ricos, de um tom de cobre, de um tom de ouro-mate, torcendo-se numa trança de deusa, enfatizava o Eça. Qualquer coisa similar. A desgraçada Fanny ignorava aquele poeta a seu lado, delicado e sentimental, ela amava um *policeman*, um polifemo, uma montanha eriçada com uma floresta de barbas, a quem acarretava em copinhos debaixo do avental todas as suas economias em quartilhos de gim, brande, genebra, quando à noite o monstro estava plantado em serviço a uma esquina no Strand.

Mateo não chegava a ser assim desgraçado e ignorado como o magro Korriscosso à outra esquina entre o nevoeiro, fazendo um esguio relevo de poste telegráfico, soluçando com a face escanzelada entre as mãos transparentes. Mateo não soluçava. Mateo não era magro nem mirrado nem curvado. Por fora. Por dentro perguntava-se às vezes que teria nele realmente visto Aline, e se os silêncios dele seriam como os do colosso de Fanny, que plantado enormemente recebia os copos calado, e atirava de um golpe às fauces tenebrosas. Mateo não arrotava cavamente. Mateo não passava mão cabeluda pela barba de hércules. Não tinha mão cabeluda, tinha já esquecido barbas. O que sim, como o alcides, seguia taciturnamente sem um *obrigado* ou um *amo-te* para Aline, batendo o lajedo dos dias comuns, reservado, algo triste porque sabia que como aquele Korriscosso ele era só grande no seu grego, a sua língua materna. De alma invisível para ela.

7

2ª etapa, até Olveira, 34 Km

Lazzarini

Saí de Negreira pela estrada na direção de *Pazo do Cotón*. Passei por debaixo de um dos três arcos que sustenta a galeria de pedras de uma antiga casa solarenga e entrei em uma praça precedida por uma capela palaciana de *San* Mauro. A partir desse ponto tomei o caminho em direção sudoeste, depois de cruzar o rio Barcala, deixei a estrada e segui pelo primeiro desvio à esquerda aonde se encontra a paróquia de *San Xulián* de Negreira. Depois de passar pela frente da igreja, me encaminhei costa acima até ao Alto da Cruz e à paróquia de Zas. Daqui o caminho vai subindo pela parte direita do vale do rio Barcala e passa por *Camiño Real*, Rapote, A Pena, *Portocamiño* e Cornovo. Perto de Vilaserio [sim, anotei bem] desviei à esquerda e atravessei este núcleo. A partir desse ponto até Cornado, segui o traçado da estrada que era o antigo *Camiño* Real e que foi destruído por um temporal. Desde Cornado continuei quase em linha reta em direção oeste até *Maroñas*. Passei primeiro ao lado do Castro de Cornado, mais adiante cheguei à estrada que liga A Pereira até Serra de Outes. O Caminho nesse ponto entra na Comarca do *Xallas* [Xalhas], atravessei o núcleo de *Maroñas*, para me encaminhar em seguida a Santa *Mariña*, onde está situada a Igreja paroquial que conserva sua estrutura românica. Saí da estrada principal à LC-403 e uma vez ali, caminhei por ela uns 500 metros até pegar um cruzamento à direita que leva a Bom *Xesús* [Jesus]. Antes das primeiras casas, à mão esquerda vê-se um rústico cruzeiro. Continuei, passando por Gueima, onde o caminho gira para sudoeste em direção a Vilar de Castro. Desde aqui segue pela lateral norte do monte Aro até chegar à aldeia de Lago. Passei por Lago e *Abeleiroas* [Aveleiroas], depois segui em direção sudoeste até à desaparecida Cruz do *Xirelo* e cheguei à Igreja de *San Cristovo de Corzón*. Saindo de *San Cristovo*, segui em uma linha reta até encontrar com a estrada de Dumbria a Pino de Val, no lugar de *Mallón*, nas proximidades da Ponte Olveira. Segui pela estrada até um pouco antes de chegar a Olveira, onde girei à mão esquerda para entrar neste pequeno núcleo de povoado no qual finalizei esta segunda etapa.

8

morte de Óscar Guai
Aline

17 de Agosto

Maruja, sabe quem é o Óscar Guai?
ai, nena, todo o mundo sabe, e a ti quem che falou?
escoitei esse nome no café.
ahh, é que anda corrido que o rapaz do Corvo está de volta, todo o mundo fala. E feito um senhorito, passeando por aí como um amante triste...!
quem é o rapaz do Corvo.
o Pepito, Pepinho, Josezinho e algo mais, creio que o de José era polo pai, que ele era José outra cousa. Óscar era o corvo, o Óscar Guai...! Vamos, que é o rapaz do corvo.

O pai tinha encontrado um dia um projeto de corvo moribundo e trouxo para o filho, e este deu-lhe um nome. Primeiro Óscar. Depois juntou Guai. E era especialmente raro, o corvo Óscar Guai, nom só polas três patas que tinha, mas tamém pola cor negra que, ao ir crescendo o pássaro, bem depois de faltar tragicamente a mãe, e o pai, foi-se tornando umha cor negra que devolvia debaixo do sol nom aquele negro irisado de todos os corvos, mas umhas estranhas refulgências avermelhadas.

As más línguas afirmavam que esse tom negro com refulgências avermelhadas nas penas do Óscar Guai só apareceu depois da manhã em que o José filho ficou sozinho. Isso falavam na taberna-sem-nome do porto quando o Josezinho nom estava, e riam, e recordavam isso no remorso de ver o miúdo com a navalha de barbear na mão direita. Afirmavam as suas más línguas que os salpicos de sangue que estavam no casaco do pai atingiram tamém as penas da ave. E riam.

Outros, polo contrário, asseguravam, tinham assegurado, que as refulgências avermelhadas nas asas do corvo se deviam só ao vinho que o Josezinho lhe deixava servir num cinzeiro triangular de metal, que levava escrito polos três lados a marca Cinzano, naquela taberna-sem-nome do porto, quando às vezes parava com os compadres de volta da pesca. Isso entre os 12 e os 15 anos, em que se desenrascou sem lei nem grei, e aqui morou, acolhido no barco do velho Maroto, que lhe pagava pouca cousa.

De qualquer modo, o Josezinho e o Óscar Guai formaram umha família fugaz, a única que de repente lhe ficou. E consta que o segundo era mais capaz de controlar o primeiro. Até ao ponto que em certa ocasiom nom o deixou ir para umha festa, fugindo com um sapato, um dos únicos sapatos decentes que o rapazito tinha, que arrastou para um telhado até ao dia a seguir. No dia a seguir o corvo deu o sapato de volta e ficaram de novo amigos, apesar de que durante horas o miúdo o tinha ameaçado com todo tipo de pragas. Mas ficaram de novo amigos. E o Óscar Guai passava a recolhê-lo naquela taberna-sem-nome do porto, quando ele voltava, e o Óscar Guai inclusive saía ao encontro quando se aproximava de terra o barco de pesca onde andava enrolado. Foram uns meses. Até que aconteceu o desastre. Outro, na vida do rapaz.

O Josezinho raramente passava fora de casa mais de dous dias nesses dias, que eram os dias de marcar a vida da aldeia com a história do corvo, mas em dada circunstância o barco do velho Maroto demorou quatro ou cinco em aportar e o Óscar Guai ficou nervoso. Voava sobre o casebre que ambos partilhavam impaciente e descia nos telhados com fúria. E no último dia o corvo apresentou-se na taberna-sem-nome do porto. E serviram-lhe o seu vinho, serviram-lhe gim, brincaram com ele, e o Torto, que sempre tinha chamado porco ao Josezinho por trazê-lo, e porco ao velho Pedro por deixá-lo entrar, e pôr-lhe um cinzeiro triangular de Cinzano, acertou a dar ao pássaro um pau.

O Óscar Guai era corvo ágil, mas a bebida entontecera-o até ao ponto de já nom saber voar. Aé ao ponto de ser incapaz de recuperar-se do golpe. Assim que ficou à mercê do marinheiro, que lhe atou a ponta de um cordel ao pescoço e se divertiu dando-lhe mais paus no ar, cada vez que o corvo tentava descolar-se da mesa, a cuja pata tinham segurado a outra ponta.

Todos riam às gargalhadas. Todos apostavam se o Óscar Guai ia tentar ganhar a janela ou a porta, se ia tardar um minuto ou dous em tentar de novo fugir. E se o Torto lhe ia acertar à primeira ou nom. E o Óscar Guai acabou por ficar parado debaixo da mesa.

E o Torto acabou por tentar estimulá-lo. A paus, até que o corvo nom se mexeu e aquele animal, o Torto, num último alarde de bravura, o pateou com crueldade no chão.

O Josezinho tinha ainda as botas de borracha e o cheiro a peixe colado à roupa de trabalho quando se apresentou na taberna do porto. Entrou e da algibeira tirou umha navalha de barbear que segurou firme e ainda fechada com a mão direita. Ninguém sabia quem lhe tinha contado, mas ele conhecia o essencial. E já nom parecia um rapazinho imberbe de ranho na cara. Tinha descido do barco e parecia agora realmente um capitám de 15 anos. O seu olhar tinha o brilho alucinado dos loucos. Mas quando abriu a navalha com a mão esquerda a serenidade dos dedos eram prova da sua determinaçom. Todo o mundo estava sério e calado, carrancudo, culpável. Só o velho Pedro conseguiu falar,

tenho-cho numha caixa de cartom aí atrás
podes metê-lo no cu
pensei que querias levá-lo
onde está essa besta?
foi um acidente, Pepinho
foi o caralho, Pedro. Onde está essa besta...?

Mas o Torto tinha desaparecido e ninguém o veria em anos. Umha semana mais tarde correu-se pola vila que tinha embarcado num congelador. A fúria do Josezinho —e a sua tristeza— ficaram guardadas. Depois tamém desapareceu. O Torto voltou logo para a casa, cinco ou seis anos mais tarde da história, e vinha com dinheiro e umha mulher negra. Agora está corrido que o Josezinho do Corvo tamém está de volta,

feito um senhorito, metido num hotel. Dando passeios solitários, e até juram que perseguido polos corvos.

9

outra ternura

Rafael

Quando apareceu Valéria no mundo de Mateo foi como na vida dele bater um raio forte, cheio de saúde, que é precisamente o que o nome dela pelos vistos significa. Não que ele se impressionasse por Valéria ser algo mais jovem e ser bonita, porque também Aline era bonita, esta em esmalte-claro, aquela em chocolate-índio. Não que fosse absoluta aparição, pois ele já a tinha cruzado, e ela olhado nos olhos dele, alguns anos atrás, numa altura de pura passagem. Mas agora Valéria, radiosa antropóloga que tinha palmilhado o mundo, voltava por perto e lia os livros de Mateo, chegava mais a ele até pela escrita deles, e por essa porta entrava seduzida e liberta na entranha de uma alma eternamente carente. Não de sexo, que também, mas de um tipo de carícia que só à pele ele não conseguia sentir. Ele gostava de sexo e ainda que com Aline corria bem a frequência era escassa, porque ela colocava por diante mil preocupações de trabalho e casa e filhos, na ordem inversa que se cita, e poucas vezes estava bem-disposta para se dar tal presente a ela própria e, portanto, a ele. Por isso foi fácil para Valéria, um dia de inícios de março, beijá-lo antes de ele iniciar uma viagem, difícil para ele a vários países de distância que esquecesse o beijo, e sumamente problemático sobre uma cama ao regresso desconsentir em ser amado.

Da primeira vez Mateo chorou como um estúpido. Nas outras vezes não conseguiu completamente relaxar, até que ela com ternura o foi querendo e entendendo. E a pouco e pouco em breves dias exigindo mais e mais. A 30 de abril ela causou nele a primeira quebra do coração com a sua exigência. No fundo era mulher, disse-lhe então, e gostava como qualquer outra de estar sempre com o homem que amava, e que ele só com ela estivesse. Em fins de maio discutiam a angústia instalada entre ambos em lugar de se abraçar. E a 9 de junho ela produziu uma segunda cena e aguda quebra nele. A aflição de Mateo se ia tornando infinita, pois durante anos lhe cresceram raízes e ramos e até rebentos num espaço que de repente contestava porque no jardim ao lado lhe sussurravam que outra luz batia e que podia todo ele transplantar-se. Sabia que podia, sim, mas como em todo transplante deixaria partes enterradas e de si a morrer no sítio deixado. E particularmente no sítio abandonado ficaria com a saída um buraco de desolação e dor. E ele não sabia magoar. Menos em nome de um egoísmo sombrio. Não suportaria que a sua memória fosse um buraco em alguém. E também temia o desconhecido numa mudança assim.

Assim Mateo noite e dia desvairava e se debatia num dilema que nunca foi cristão ou ético e que sempre seria mais sentimental do que sexual. Valéria gostava de sexo, ruidoso, e ele, que gostava, sempre que podia resistia ou mal fazia, e inevitavelmente fugia e comparava e enumerava mentalmente o pouco ou nada que Aline demandava e ele bem fazia. Mal sentimentalmente, mal sexualmente, Mateo sentia mais com quem mais sexo gostava, e fugia querendo ficar, e às vezes não resistia e medianamente dava. Ou bem Mateo sentia menos, mas dava ocasionalmente sexo melhor a quem nada lhe exigia. E o seu equilíbrio mental no vértice do triângulo ressentia-se, e o sexo, e a relação com o mundo, tudo.

Se numa ocasião Mateo sonhava que Aline lia os livros dele e realmente o conhecia, ao acordar admitia que isso nunca iria acontecer e adormecia de novo ao lado da sua mulher com o nome de Valéria na boca. Estava farto de atormentar-se. Queria que isso acabasse. Sentia a vertigem de um vazio em volta como se estivesse na cúspide de um K4. Medo. Desconcerto. Dúvidas sobre o sentido da ascensão, de mirar o mundo da cima assim. E surpresa de notar que para estar lá em pé se precisava mais coragem que para subir.

Só umas mãos pacientes podiam transformar o medo em consciência da força indispensável para segurar-se no alto. E essas mãos se estavam tornando as de Valéria. Elas inspiravam a confiança e acalmavam o coração como nada no universo dele, porque elas tinham a inteligência de adivinhar tudo e meter-se-lhe no peito e ir serenando-o, e pouco a pouco Mateo começava a respirar forte e abraçar a vida, sentindo-se honrado por cima dela, compreendendo que não magoar ninguém começava por não ferir tanto nele, porque as escolhas serviam para a alegria apenas, e tinha gasto a vida a conspirar para a felicidade dos demais. Restava-lhe ainda suficientemente algum tempo, pouco, para conspirar na própria felicidade. Pensava. Contou. Não temas nada, minha criança infeliz, aceita o pouco que os deuses te derem. Pensei eu...!

Mas pensava demais ele, e passava assim esse brevíssimo tempo de incertezas e expectativas como passa um pensamento que dura e madura. E nesse interstício da sazonalidade do seu entendimento Mateo escrevia para entender. Escrevia, sofria, amava ainda tudo e mal porque se repartia. Aline nada sabia, arrebatada em filhos e trabalho. Valéria tomava cafés furtivos de amante adolescente com ele e queria mais. Mateo tinha risos loucos e silêncios contemplativos. Estava começando a amar forte Valéria em intermitências que a ela, no entanto, mais impacientavam. Discutiam ambos a salvação do mundo e a redenção deles em escapadas e encontros secretos sempre sumários, e após cada discussão ele reparava no sabor forte do vinho que estava começando a beber. E voltava ao seu mundo para avaliar o hipotético compêndio de destroços que num dia poderia reunir. Voltava ao desamparo em que nem sempre as mãos de Valéria impaciente estavam para reparar. E de prolongar-se mais alguns meses aquilo teria sem dúvida desfechado de algum modo ruidosamente porque Mateo não queria ser vértice de triângulo algum.

10

3ª, até Fisterra, 30 km

Lazzarini

Saí de Olveira pelo caminho que atravessa a aldeia em direção oeste, logo ao sair encontra-se com a estrada principal DP-3404 que liga Dumbria a Pino de Val. Para evitar a estrada até Hospital de Logoso, o caminho se desvia desta um pouco de passar pela ponte sobre o regato de *Santa Lucía*, tomando à esquerda uma pista que segue a aba do monte Sino e atravessa o regato de Hospital por uma ponte de Vaderripas, na atualidade anda não reconstruída desde quando foi arrasada por uma enchente. Podemos cruzar o regato por uma outra ponte de concreto situada uns poucos metros mais acima. Depois o caminho sobe por uma zona com bosques até à pequena aldeia de Logoso situada ao lado do Monte Castelo. A partir desse ponto continuamos subindo, seguindo o curso do regato até chegarmos a Hospital. Na cruz se bifurca o caminho, a esquerda segue para *Finisterra* e em frente vai para *Muxía* [Mugia]. O caminho de *Finisterra* passa em frente da fábrica. Ao passar por esta, sai à direita um caminho de terra que em linha reta e em direção oeste se dirige para o Marco do Couto, seguindo o antigo *Camiño Real*. Este lugar era uma encruzilhada do caminho. Por aqui passavam os habitantes de Buxantes que se dirigiam para Dumbria e *Virxe da Barca*. Como sinal de encruzilhada se conserva um famoso cruzeiro. Na lateral do caminho que segue para oeste há uma pedra que dá nome a este lugar, na mesma vemos gravada uma cruz e as letras C e R, que podem fazer alusão tanto ao *Camiño Real* como a Couto Redondo.

O caminho segue em direção oeste por estas terras em forma de mesetas. A menos de um quilômetro nos encontramos à esquerda com uma pista que vai até à capela de *Nosa Señora das Neves*, desviando-nos do antigo caminho que seguia em linha reta até *San Pedro Mártir*. A partir desta Capela, subi por um caminho encostado, até encontrar com o que vai dar a *San Pedro Mártir*, que dista daqui algo mais de três quilômetros. A Capela de *San Pedro Mártir* não tem interesse arquitetônico, no entanto tem um grande interesse histórico tanto pela importância das romarias que aqui se celebram, como pelos restos arqueológicos que há ao redor da mesma. Partindo do campo de *San Pedro Mártir* segui em direção sudeste por uma zona plana, com uma ligeira caída para a proximidade do mar de *Cee* e *Corcubión*. Em seguida passei entre *Petón de Armada* e *Petón* de Campolongo, até chegar ao alto do *Cruceiro de Armada*. A partir desse lugar, começa uma descida brusca até ao chamado de *Camiños Chans*, da paróquia de *Santa Baia de Brens*, saindo à estrada C-550 de Muros a *Cee*. Nesse ponto girei à direita em direção à vila de Cee. Depois de atravessar várias *calles*, me dirigi à igreja de Santa *María da Xunqueira* [Junqueira]. Saí de Cee até *Corcubión* pela estrada que atravessa o recheado. Ao chegar à estrada que liga *A Coruña* a *Finisterra*, segui de frente por uma *calle* que passa por trás do motel El Hórreo, para me dirigir à Capela de *Santo Antón* situada na parte alta da vila, donde se desfruta uma imemorável vista panorâmica da embocadura e do núcleo urbano.

Desci até ao centro da vila, e ao chegar na praça Castelao passei pela frente do antigo *Pazo de los* Condes de Altamira e visitei a Igreja de *San* Marcos. Da igreja paroquial me dirigi à praça Campo *del Rollo*, donde tomei um caminho estreito, delimitado por muros de pedra que conduz até Vilar e *San* Roque. Depois de atravessar a estrada C-550, segui até à pequena aldeia de Amarela para em seguida voltar à estrada e entrar novamente em território do Município de *Cee*, passando pela frente da *Playa de Estorde*. Desci também por *Sardiñeiro*, núcleo pertencente ao Município de *Finisterra*. Me desviei à direita pelo centro da aldeia para pegar um caminho que vai pelo meio de uns pinheiros seguindo pela aba do *Monte de la Sierra*. Saí da estrada principal e cruzei esta para pegar um pequeno trecho do caminho que vai ao lado da praia de *Talón*. Depois de passar por Corredoira de D. Camilo, entrei na extensa *Playa de la Lagosteira* e saí no cruzeiro Cruz de Baixar. A partir desse ponto, me adentrei à vila de *Finisterra* pelas *calles* que levam à *plaza de la Constitución* até à capela *del Bo Suceso*. Finalmente, subi à igreja paroquial de *Santa Maria das Areas* e na estrada que conduz à ponta do *Cabo Finisterra*, lugar cheio de lendas todas elas relacionadas à rota Jacobeia. Enfim, cheguei a estes pontos como se fossem finais, já algo exausto e até maltratado por um nevoeiro que mesmo me tinha molhado a roupa e estragado qualquer gosto de caminhada.

Algumas anotações de viagem mais anedóticas apaguei aqui. Alguma fala, cruzamento com pessoa característica. Entrada em café ou marca da paisagem, agora acho ridículo registrar, nesta breve mas ao mesmo tempo longa caminhada, para mim que estou menos treinado e já passei a idade dos desafios adolescentes. Tudo isso terá pouco interesse para quem leia, assim que dou apenas o itinerário descrito, que poderá ter certa utilidade ou não em futuras emulações. Cada vez está ele, o itinerário, mais facilitado pelas tecnologias e até pela propaganda turística de toda espécie que por aí circula, assim que sou bem consciente de seu pouco valor. O único acréscimo que farei ao seco levantamento (levantamento por outra parte também algo contestado no acréscimo, pois refere observações ao modo que nós, brasileiros, creio que já disse, temos de observar esta terra, temos de recolher os nomes que constam na minha relação, etc.), esse único acréscimo algo diferente, digo, deixo para o final, como já avisado. Sobre ele, recolhido em apontamento precisamente neste ponto do percurso ao que depois regresso no caminho de volta, também tenho dúvidas quanto a proveito. Aquele cansaço, que aos poucos me fora tomando na ida, me deixara certa incredulidade ou aborrecimento geral no momento da passagem pelo dito Cabo do Fim do Mundo, e deve ser essa sensação que ainda agora vai associada a esta primeira recordação.

11

horizonte imenso

Aline

18 de Agosto

Outra vez vou tentar. Basta sentar-se na margem da praia e contemplar o Oceano aqui. Longe e perto. O horizonte parece manso longe. A fosforescência da luz longe. O fervilhar da vida invisível perto. A vida sobre o abismo profundo. O abismo tam perto. E talvez um ponto castanho de algumha nave à tona sobre o abismo. Depois, algum ser isolado tamém aqui perto, a apanhar sol, à espera. Molhar os pés à espera perto de terra. Porque ninguém ousa entrar aí sem umha espera prolongada, às vezes dias, semanas. Até estar seguro de tudo ser seguro. E de imediato sair de imediato. Molhar-se no frio que vem do abismo e apanhar de novo sol à espera.

E isto raro da escrita, que algum bem deve fazer. Talvez me descobrir se esta quebra é definitiva, se ele... Nom podo pensar nele. Nem no acontecido. Nom quero pensar nem entender nada do acontecido. É inevitável essa sombra, resulta impossível passar o dia pensando noutra cousa, reparando noutra cousa, olhando para os corvos e observando o mar como se fosse idiota, consciente só do sol como umha aposentada, quando na verdade estou a falar-me a mim própria sem fala e com escritas seguramente só dele e por causa dele, que só falava na verdade e sempre com escritas, calado, fingia que falava para outros mas era pare ele que falava, para ele e para mim, como talvez eu agora para mim e para ele. Merda.

Porque esta escolha de terapia estúpida afinal o que é...? Nom será umha treta que me invento, apenas com ponto de apoio frágil numha sugestom amiga...? Na verdade, era a sério que a Exma. Doutora Irene amiga sugeria, como profissional, como psiquiatra...? Era ela que sugeria ou eu que a fazia inventar, no meio de cem hipóteses, antes que todos esses medicamentos que demonstraram bem mais largamente eficácia na atenuaçom de estados depressivos...?

Já nom me lembro se falei para a Irene em escritas dele. Escritas. Ele. Creio ter-lhe ouvido que talvez para escrever existia umha idade. Umha idade. Ainda que ele devia referir-se à poesia. Ler e escrever poesia. Certo pudor. Umha idade para lê-la, umha idade para escrevê-la. Nom sei. Nunca pensei. Nunca ssumim. Se existe umha idade para escrever, ler, deixar de ler, tamém deixar de escrever, eu nom passei nunca por isso, nom pensei nunca nisso. Rascunhei por necessitar. Rascunho por necessidade. Talvez por sofrer. Por me entender. Talvez ele já passou todas as idades por padecer um pesar antigo. Talvez era esse todo o motivo, o peso, um peso que doutro modo nom sabia aliviar. Partilhar. Talvez por isso ficamos tam distantes. Mas o único provável é que ele confundisse a escrita com o sangue, tantas vezes. Algumhas vez tem reconhecido que escrever é incompatível com viver. No sentido convencional e doméstico de rotinas e felicidades, aborrecimentos e tarefas manuais. Que escrever particularmente na poesia é umha forma de substituir a vida, de pô-la a correr no sangue da tinta, de sofrer angustiadamente aí o que o corpo deixou à espera na porta da sala, no encosto da cadeira, num canto do papel ou do ecrã do computador, espreitando. Acredito que seja esse um estado furioso e primário de escrita, o instintivo. Chega depois o estado do ofício. Como em tudo. Fingimento Genial. Só que nesse grau, e nos seguintes, talvez já se tenha deixado de acreditar no sentido. Como Rimbaud, ouvim-lhe dizer um dia. E já se terá tentado voltar à vida em desespero. Mas será tarde. Será já impossível. Ouvim-lhe dizer um dia.

12

surpresa dolorosa
Rafael

Como quando escapa um copo entre os dedos, como quando um pé descalço pisa uma cobra venenosa, antes desse Verão sobreveio um cancro no corpo de Aline. Foi assim de repente, coincidindo exatamente com a assinatura do que iria ser a compra de um terreno ao lado do rio Minho para um dia ter uma casa, antiga teima de Aline. De manhã um defeito legal na escritura notarial de venda interrompeu o processo. De tarde Aline sem qualquer receio realizou a exploração que sempre tinha adiado. A sua avó já tinha sido enterrada com tumores nos peitos. A sua mãe também estivera a ponto de morrer e ficara para sempre marcada pelo drama, sem cabelo e sem os seios. E Aline tinha pensado nisso alguma vez, tinha pensado que alguma medida preventiva tomaria, mas também tinha considerado que faltavam muitos anos para preocupar-se por isso, os seus filhos e o seu trabalho tiravam-lhe todo o tempo e desvelo. Por isso foi quase um acaso realizar o exame, sem a mínima premeditação que um dia imaginou assumir sobre aquilo e na tranquilidade de realizar a exploração que nunca tinha feito de forma, achava ela, prematura. Por isso significou também o milagre que talvez lhe permitisse atalhar o mal, que talvez lhe salvasse a vida, também a vida até então conhecida. Os médicos que a atenderam concordaram em que, quanto mais jovem fosse o corpo onde aparecia o mal, mais agressivo e mortal este se mostraria. E assim às portas daquele Verão tudo começou a arder em volta de Aline e de Mateo, surpreendidos pela magnitude do incêndio que os começava a cercar. Quando do Escritório da Notaria chamaram para nova assinatura, pois os documentos do vendedor já foram corretamente aprontados, Aline nada quis saber, a sua atenção estava logicamente agora num outro terreno, dentro do seu próprio corpo. Lá começava a ter casa nova o terror.

Toda a vida de Mateo mudou também e ele num princípio até temeu, inclusive, pelo próprio entendimento. Teria Mateo abrigado porventura algum mau pensamento sobre Aline por causa de Valéria? Teria ele enviado inconsciente, de desejo instintivo mesmo que fosse, para ela algum dano...? Sim, andam pessoas em livros a garantir coisas dessas, o poder da mente sobre a existência, o pensar sobre o acontecer, e ele duvidava do que teria nalgum canto do seu cérebro desejado, mesmo maquinalmente, sobre a vida sua e o mundo em volta. Qual era realmente o desejo dele...? Qual tinha sido a sua vontade...? Estaria escolhendo o seu cérebro, o corpo e a alma, teria o seu espírito todo abraçado Valéria com a força de uma corrente magnética e daí viria toda a tragédia radiada para Aline? Seria, o que estava a acontecer, a resposta desta, contra o desfecho anunciado do que já tinha acontecido...?

Era um disparate torturar-se por esse caminho e acima de tudo era tarde porque nesse preciso momento só cabia uma escolha, justa, honorável e deveras abraçável, para Mateo. Também foi esse, para ele, o único sentimento de alívio naquela situação, o não poder permitir-se mais hesitações, porque unicamente uma coisa cabia fazer. Estar ao lado de Aline, para quem aquilo supunha um drama terrível.

Ela chorava todos os dias às escondidas dos filhos e quando a quimioterapia prévia à operação lhe arrebatou o cabelo sentiu-se a criatura mais miserável da terra. Passava as noites acordada e quando Mateo se deitava, sempre mais tarde do que ela durante anos, sempre ela já dormida durante anos, percebia agora a respiração da mulher ainda acordada, agora com o sinal abafado de também ter estado a chorar. Numa dessas noites desses dias de medo, nos princípios de julho, Mateo entregou-se ao sexo com Aline, em silêncio, como no passado, depois de um sinal menos ínfimo dela, depois que ela tivesse dito muito baixo e roucamente que ele já não iria gostar dela,

como poderá alguém gostar de mim agora?

Depois de também ela ter dito muito baixo e roucamente,

entenderei que agora me deixes, que procures alguém mais jovem, saudável, que não queiras tocar-me.

Mateo pensou um segundo em Valéria e notou por dentro uma dor infinita. E porque o puro hábito tinha criado um código inequívoco que exigia poucos indícios para o sexo com Aline, ele compreendeu que nem esse mínimo gesto ela ousava já esboçar. Compreendeu que ela estava morta de medo e foi ele a fazer o sinal com ternura, cheio por dentro de dor infinita. E ela entregou-se chorando com uma fúria desusada. Ambos gemeram chorando e misturando lágrimas naquela noite. E Mateo soube nas trevas que ela o queria sem o ler, que o necessitava naquela altura como ninguém na terra o poderia nunca necessitar. E soube que teria que ficar muito tempo ao lado daquela mulher.

Valéria entendeu. Disse só para Mateo que o queria. E que sempre estaria nesta vida ou nalguma outra querendo-o e aguardando-o. Disse isso como se fosse uma frase ritual. Mas ele recolheu e guardou a fogo na cabeça a frase como uma promessa.

13

Fisterra a Mugia, 20 km

Lazzarini

Saí de *Finisterra* pela estrada principal C-550 e uma vez passada a cruz que vai ter ao poliesportivo apanhei à esquerda a estrada que leva a *San Martiño de Duio*. Desse ponto continuei caminhando em direção noroeste. Depois de passar por *Hermedesuso*, cheguei em seguida à paróquia *Finisterra* que leva por nome também *Duio*, e que tem como Santo patrono *San Vicenzo*. Depois o caminho passa por Castro, Vilar, Dente e *Castromiñán*. Continuei caminhando através de uma pista que segue paralela à solitária e agreste praia do Rostro. Em seguida deixei à direita as aldeias de *Castrexe* e Padris, pertencentes ao município de *Finisterra*. À altura do fim de uma extensa praia *del Rostro*, entrei em terras do *Município de Cee*. O caminho se adentra por uma zona com bosques de pinheiros, deixando à esquerda uma costa alta e rochosa.

Depois de passar por Canosa, a rota se aproxima do litoral, através de um caminho de terra que conduz à desembocadura do rio Castro, frente à praia de *Nemiña*. A partir daqui segui a estrada que bordeja o rio de Lires por seu lado esquerdo. Depois de cruzar uma ponte, entrei nas primeiras casas da acolhedora aldeia de Lires. Desde Lires continuei por um antigo caminho que leva novamente até ao rio Castro. Antigamente se cruzava por uma passagem de pedra, porém nos dias de hoje a mesma encontra-se submersa devido ao represamento do rio para o uso na criação de peixes. Enquanto não se constrói neste lugar a ponte que está em projeto, temos de cruzar o rio por Pontenova, situada mais acima. Do outro lado do rio está *Vaosilveiro*, lugar de uma só casa. O caminho continua por terras do interior do município de *Muxía* [Mugia], primeiro passa por *Santa Leocadia de Frixe*, que conserva uma interessante igreja românica. Depois de cruzar a estrada que vai para o cabo *Touriñán*, um caminho antigo toma em direção norte e leva à paróquia de Santa Maria de *Morquintián*. De *Morquintián* passei por detrás de Vilela, segui um trecho de estrada asfaltada, depois girei à esquerda por uma pista de mata. Ao passar o alto de Aferroas, começamos a descer a través de um vale, até chegarmos à aldeia de *Xurarantes*. Uma vez cruzado este núcleo urbano, desci até à extensa praia de Lourido, voltando de novo a tomar contato com o mar, que encerra o final desta etapa na ponta da Barca. Este caminho costeiro entra em *Muxía* [Mugia] pela parte de trás da vila, contornando a península por sua parte ocidental.

14

lamento da pestana do Pindo
Aline

18 de Agosto

Da pestana do Pindo emana umha luz laranja
que na longa noite se congela em quartzo
sobre Fisterra.

Ela solta a cortina de conchas brancas
e por entre o seu tilintar contempla a lua
na Lagosteira.

Desamparo da mulher que aguarda
inutilmente um amado perdido encerrada
nos aposentos femininos de um palácio
atormentada pola saudade, a fugacidade
da juventude.

A luz da lua é sempre fria
e quando aparece num verso
deve ser diáfana e glaciar.

15

ressaca e reparaçom
Rafael

No sexto dia a seguir à grave operação de Aline eu fui ao hospital ver o meu – por enquanto – vagamente conhecido Mateo. Ela começava a dar os primeiros passeios pelos corredores, arrastando cabos e tubos na companhia da mãe e duas colegas em visita, e Mateo, que tinha dormido todas essas noites numa cadeira ao pé da cama dela, que tinha vigiado o sono e a vigília e a medicação e a dor, e que só saía para comer rápido na cantina ou ultimamente nos pequenos restaurantes da área, estava de repente dispensado de tanta pressão. Os filhos distantes e ignorantes de todo a bom cuidado. Aline ferida, mas afastada da borda do abismo. Portanto no sexto dia a seguir à grave mas rápida operação, um 19 de julho, tudo se encaminhava confiante, havia outras visitas, e todos o animaram para ir tomar uma cerveja. E Mateo saiu comigo, que por acaso apareci naquela altura e ninguém conhecia, e bebemos, animou-se, falou, foi inclusive sardonicamente alegre falando de tamanhos e formatos de seios. No dia que acharam o tumor em Aline, contou a certo momento, era previsto assinar o documento de compra de um terreno para fazer uma casa. Um defeito de forma e a notícia obrigaram a adiar e depois esquecer para sempre aquele assunto. A velocidade da vida, a ameaça da morte, abalou as existências dele e de Aline. A partir daí, com aquele cancro, o rumo de tudo de algum modo se alterou,

às vezes penso que tudo se alterou, aparentemente moito, para nom se alterar realmente em nada essencial.

Não entendi. Mas era ainda altura do segundo cálice e tomamos vários, petiscando pouco. Mateo não era bem um amigo, apenas uma coincidência laboral em Lugo, e eu não o fora tirar um bocado do hospital realmente como um favor para ele, mais bem por acaso e antes em favor de mim. Estávamos no início das férias grandes e ninguém ficava naquela cidade a não ser que fosse poderosamente obrigado. Por aquele drama ele, por razões de estrangeirismo de fresco eu. E eu não tinha muito que fazer depois de encontrar apartamento e à espera de alguns arranjos nele para uma estadia de cinco meses. Soube daquilo e fui ver simplesmente o Mateo, a única pessoa conhecida que restava perto. O da operação, e a causa dela, eram assuntos graves mas eu não conhecia Aline e quase não o tratava a ele, assim que se dispensava qualquer retórica de sentimentos. Como também diria o Eça, que eu tinha algo presente naqueles dias porque alguém me tinha dado os seus contos e andava a ler, como diria o Eça citando um provérbio da Galícia eslava, que não da Galiza galega, 'O que não contas à tua mulher, o que não contas ao teu amigo, conta-lo a um estranho'. As confidências a que o Eça se referia aconteciam numa estalagem, mas em todo o caso era aos copos. E eu era perfeitamente o estranho ideal, para estas estranhas revelações. Mateo, o necessitado de contar. Diante do estranho, e à minha cara de perplexidade e incompreensão, até começou também ele por me dizer a famosa frase, que *O seu caso era simples.*

Naquele dia percorremos tascas cheias de mais desconhecidos e Mateo foi-se animando e contando para outro, para mim, e ao detalhe, os capítulos daquele segredo enorme, que nunca tinha contado para ninguém, e que eu realmente não pretendi em nenhum momento saber. Ele, durante tanto tempo agitado pelo seu peso, e nas últimas semanas extenuado pelo drama, necessitava contar para alguém como uma libertação, justificação, explicação. Sim, a ameaça da morte tinha-lhe abalado a vida, aparentemente alterando tudo, mas na verdade e de algum modo para nada essencial se alterar. Porque ele estava agora e ainda com Aline, sabia que devia estar e ficar ao seu lado durante muito tempo, mas já sabia então que amava Valéria, e ela sempre estaria nesta vida ou nalguma outra querendo-o e aguardando-o. Porque Mateo guardava a fogo na cabeça aquela frase, como uma promessa dela, com promessa dele,

esta noite passada agitou-me imenso a sua perda. Esta noite em que provavelmente ela estaria a ouvir o Passe em casa, tou-te esperando, esta noite soubem que eu poderia já nom ouvir dela pedir o mesmo nunca mais. Porque serei incapaz de oferecer umha ambiguidade de presente. Porque nom poderei encontrá-la num café e deslizar inocente e distraído, com ar de cidadão respeitável. Porque nom quero sê-lo, porque nom sei se serei capaz de traí-la, porque terei de construir com o mesmo empenhamento de antes amá-la a mais dura tarefa da minha vida para agora desamá-la, para deixar de alimentar-lhe o sonho de uma paixom ao pé de mim.

Solene. Mas sabia a verdadeiro.

Durante aquelas seis noites dormindo numa cadeira, contava, tratou de que a dureza da situação não se tornasse uma desculpa para sonhar a outra, e a impor, e se dar mentalmente a ela, numa escolha que a situação poderia parecer ter virado com tanta celeridade em escolha mais fácil. Mas que só o tornaria mais miserável para o resto da vida, por muito que o breve fosse conciso,

ah, creio que o único modo de ser capaz de ir até ao fim nesta história, agora, é ser capaz de ir até este fim de nom a sonhar, agora, ainda que esta noite a sonhasse mais do que nunca, de nom a impor agora ainda que esta noite doesse fugir-lhe mais do que nunca, de nom a fazer escolha agora, ainda que esta noite a situaçom a gritasse por cima da minha miserabilidade simples.

Mateo tinha passado aquela semana vendo a outra mulher, durante o dia a esvoaçar por cima da linha do horizonte, quando os olhos iam à janela, a conquistar outra fortuna. E do mesmo modo, à noite, sentia que ela se afastava e ele nada fazia. Sentia como, pelo menos por enquanto, a perdia. E doía no seu sorriso forte e algo ébrio. Porque a guardava assim para o resto da vida em alto. Como todos os sonhos do mundo ainda altos,

> *apesar de nom sermos nada nem poder querermos ser nada, mas tendo-os, altos, todos os sonhos ainda vivos...*

Coitado.

16

quarto partilhado

Lazzarini

[Man e *Nunca Mais*]

Coloco em cabeçalho o que acho designação mais apropriada para o recorte da minha última e mais longa anotação. Ela mostrará ao leitor destes Diários algo diferente sobre esta terra, e as paragens concretas para que me encaminhei. Logo se verá quem é Man e a sua história que ao me roçar apanhei. Quanto ao *Nunca Mais*, que parece juramento, não se refere a qualquer arrependimento do meu propósito de fazer o caminho descrito, longe disso – e também se explica na narrativa que segue.

Voltei de ônibus a *Finisterra*, ou Fisterra, e fiz questão de me alojar no hotel mais decente que achasse, pois estava cansado e o propósito cumprido. Infelizmente não tinha feito qualquer reserva e na hora de negociar um quarto me vi obrigado a partilhá-lo na primeira noite com outro hóspede, que no mesmo propósito e ao mesmo tempo coincidiu. Nenhum dos dois gostou da ideia, mas aceitamos resignados, estando a *villa* lotada e sendo que no dia a seguir já poderíamos ter dormitórios separados. O companheiro que me calhou era mais novo, talvez de uns quarenta e cinco anos de idade, bem parecido, aparentemente cortês, mas de tão poucas palavras que nem ele disse ou nem eu reparei se dizia, seu nome, que só acabei por saber na minha última noite. Na primeira noite, o cansaço me levou de imediato ao sono, e ele limitou-se a deixar um saco de mão sobre uma das camas e sair para fora, de maneira que não me apercebi quando entrou. Nem depois quando saiu, porque acordou cedo e recolheu com sigilo suas coisas, que deixou com o porteiro do hotel. Este me perguntou se queria eu mudar de quarto ou o fazia o meu companheiro, pois ele tinha deixado recado de que poderia eu escolher no que estava ou mudar para o novo. Fiquei no que estava depois de ver o outro quarto, que não era pior, mas este dava no lado do mar, e quando só no fim do segundo dia o vi entrar no hall, estando eu no terraço do bar, me apresei para ir oferecer os meus respeitos e agradecer a gentileza. Eu evidentemente constrangia-o, porque voltou a cabeça e limitou-se a dizer *De nada*, pegou na chave que lhe entregava o porteiro, e eu reparei então na cicatriz que tinha num dos seus dedos. E muito grave desapareceu da vista.

Devo dizer que a atitude deste homem sem me causar desagrado me levou a pensar que talvez pudesse esconder algum preconceito acerca de peregrinos ou mesmo e mais em concreto acerca de brasileiros, e fiz questão de desmontar antes de partir. Mas o certo é que eu estava errado quanto às razões para o comportamento distante do homem, pois nada tinham a ver comigo ou compatrícios. Digo isto porque tudo ainda esclareci antes de me ir embora no dia a seguir, e valerá a pena referir aqui alguma das coisas que aprendi, porque ainda não havendo nada contra nós, brasileiros, antes ao contrário, pelos vistos não deixamos de cometer todos os mesmos erros grossos.

Foi exatamente na última noite que passei na estalagem. Era já tarde, havia deflagrado um pavoroso incêndio num monte próximo que chamam de Pindo, o Olimpo Celta, do outro lado da costa para o interior, e toda a gente parecia ter acudido para ver, talvez ajudar. Também havia outra parte, o resto da gente, que esquecida daquela coisa estava numa festa que levantava música do lado do porto. Seja como for, no terraço do bar ficava somente o homem quando eu cheguei, e não resisti abordá-lo de novo, em princípio para me despedir e de imediato para lhe rogar aceitasse um brinde por minha conta, pois no dia seguinte ia partir suspeitando tê-lo ofendido de alguma maneira, e já que me tinha por homem de bem não queria deixar atrás tal receio.

17

mais mortes, corvos

Aline

19 de Agosto

O tipo do bigode no café. Essa estampa. A palavra tripas. Tivem o primeiro arrepio. Na conversa com Maruja, depois de por ela mais saber algumhas histórias cruzadas, veio o segundo estremecimento. Assim ao vento e em frio.

Aqui a beleza tem um aparência brutal. Aqui as atrocidades nom tenhem que ser inventadas, sabe-se dentro do coraçom que podem acontecer, que podem acontecer a cada momento. Compreendo agora isso aqui. A água esmeraldina que no Verão rompe radiosa em espuma no Mar de Fora anuncia o capricho da morte. A água esmeraldina vai gritando de encontro à areia puríssima que pode ser umha água vermelha com igual naturalidade. Na outra semana afogou alguém aqui. Na anterior um surfista salvou um rapaz aqui. Hoje pode ser a minha vez se me afasto da margem. E hai diversos tipos de margens aqui. A Costa da Morte é assim. E, como numha penitência, volto resignada à disciplina. Ler-me as raias da mão.

Mas fico-me em turista incapaz de continuar com esse fingimento. Coloquei o livro e o caderno na mochila negra. O movimento parecia levar implícito o desígnio de esquecer o recado das palavras. No entanto, a mão encontrou-se parada fraternalmente dentro da mochila. Talvez a tentar apanhar umha inexistente revelaçom do que tinha vindo fazer a esta parte do mundo. Pensei um segundo. E o pensamento deu-me outra vez vertigem. Retirei a mão como a temer umha mordida da mochila. Como a temer umha bofetada dentro do pensamento. Os dedos tinham agarrado o telemóvel e fiquei a olhar a reverberaçom da luz sobre o vidro. Tinha desligado o aparelho com a promessa nom formulada de o deixar dormir durante estes dias, agora sim, como umha despedida do mundo íntimo, mas sabia que era impossível despedir-se do mundo enquanto viva. Pressionei a tecla. Escrevim a senha. A rede era débil. Demoram a entrar montes de avisos de chamadas perdidas e mensagens de voz e escritos. Nom quero ver. Ouvir. Ligo o navegador e puxo dos dados. Morosamente. Ao acaso.

...ninhos de corvos. Os versos de um poema com corvos, "traduzido ritmicamente conforme com o original" por Fernando Pessoa. Aquele tipo que se suicidou em escritas, lhe ouvim dizer umha vez a ele. Enfim, tiro até os óculos de sol para ler melhor e em alto o fragmento,

> *E esta ave estranha e escura fez sorrir minha amargura*
> *Com o solene decoro de seus ares rituais.*
> *Tens o aspeto tosquiado, disse eu, mas de nobre e ousado,*
> *Ó velho corvo emigrado lá das trevas infernais!*
> *Dize-me qual o teu nome lá nas trevas infernais.*
> *Disse o corvo, Nunca mais.*

18

Valéria vai ao seu
Rafael

A desconexão entre Mateo e Valéria ainda se prolongou todo aquele ano. Ele sentia-se mais bloqueado do que nunca para voltar a encontrá-la e ela perdia aceleradamente a paciência. Ele investia racional na desunião, atraiçoava-se no instinto adorando-a, sem achar conforto. Ela confortava-se só em intermitências compreensivas, depois acusava. A relação furtiva era uma montanha-russa. Simultaneamente ressentiam-se os ânimos. Mateo escrevia a sua agonia e na escrita, em todas as suas escritas, estava muito Valéria. Mas quando ela soube e leu, quando ela leu particularmente um livro que era centralmente o dela, já tinha fugido e se distanciado, voltado para outros corpos, casado.

Deu-lhe esta notícia tomando outro café como se tivesse dito, *Comprei uns sapatos*. Ele no meio do que estava tentando, desconstruindo, lutando, partiu depois de ouvir de cérebro paralisado.

Passaram a falar só alguma vez ao telefone. Pouco. Doía falar. Decorreram mais dois anos e ela atendeu a ocasional devoção dele, numa cidade neutral, meridional, em que ambos se cruzaram de passagem, como se atende a devoção de um estranho. Mateo sentiu-se ferido daquela simpatia distante. Viajou à selva na América e tratou de enterrar a memória dela nas profundidades da floresta. Depois, sobre as neves do norte da Europa, também tratou de atirar o seu próprio coração para que morresse congelado. E regressou frio, para uma geografia em que ela não estava tão distante como noutro tempo, mas na que estava quase mais distante do que nunca.

E Valéria por seu lado dedicava a Mateo certa cordialidade de deusa, chamava às vezes, reclamava mesmo por datas, trocas de presentes que em nada se pareciam ao que houvera. Ele refugiou-se no quintal que depois do drama da doença acabaram por comprar, em realidade para que o sorriso voltasse à cara de Aline. Um terreno outro e noutra parte, mas fora da mesma cidade. Com casa em construção e um mundo de plantas e pedras e águas por guiar. Os trabalhos físicos até à extenuação nesse espaço o acalmavam, e até o afastavam da escrita, que lhe doía porque nela era difícil contornar os fantasmas perpétuos. Mas mesmo assim Mateo tinha frequentes e confusas recaídas, alguma chamada, algum contacto em que só a memória do havido voltava a instalar-se, e ficava, para permanecer ainda muito tempo presente. Quando em raras ocasiões bebia um copo era mais incapaz de controlar o seu instinto, e em dada circunstância chegou a casa e escreveu para Valéria um email contando-lhe como tinha deambulado pelo meio da festa, vendo a sua cara em todas as caras e sentindo-se um náufrago, desarmando-se, deixando sair o seu espírito carente e desconsolado na consciência do havido e por haver. Mas Valéria, com um oceano então pelo meio, respondeu de palavras com gume de faca,

conta-lhe isso à tua mulher, homem,
ou algo assim.

Ele escrevera na profundidade ébria da noite, mas leu depois a resposta na verticalidade do dia sóbrio por cima. E sentiu que do seu pescoço jorrava sangue.

Voltou-se para as plantas como um sonâmbulo solitário. Aline e os filhos começavam a ter os seus próprios planos, mantinham o costume de fazer visitas e passar um mês em Foz, com a família dela em férias, e faziam cursos, viajavam. Mas ele achara uma dedicação quase monacal que o justificava no seu espaço. Tratar em plantas, cuidar jardim nascente, tinha também uma intenção derivada de outros cuidados órfãos. Quem sabe se também de perpetuar-se para além dos filhos, que aliás tinham sido um prodígio de que nunca estivera à espera. Era agora outra coisa, no reino mineral e vegetal, onde prosseguia uma luta inglória, salvo na palavra admirativa de quem também de passagem passava, ou entrava, ou olhava e via mudar o que tinha sido ermo de forma portentosa.

As estações marcavam o ritmo e à vida dos vegetais ficava entregue a vida de quem deles tratava. Mateo ia persistente àquele canto do mundo isoladamente perseguindo um equilíbrio de formas, cores, disposições. Cortava e limpava, guiava águas e prendia pedras, e aquele planeta crescia como afirmam crescer o cosmos todo. Era trabalho efémero para o belo, e com certeza agradava-lhe a palavra do nómada em visita, que nos olhos confirmava o deleite. Mas seria ridículo tomar esse instante como argumento supremo daquela sua entrega. Não, sabia que isso nada significava e só dentro da satisfação íntima de ir vencendo as estações com a entrega de suor se achava alguma resposta, que para a sua desolação algo representasse. Era uma demonstração para ele mesmo. Era uma comunhão com essas outras vidas sujeitas a um espaço concreto. Ele era também um bocado aquele espaço, aquela sujeição, revia-se em tudo aquilo que tocara, que regara com transpiração e vida, e agora tinha existência própria.

De manhã tomava café com pão torrado debaixo de um carvalho e diminutos passarinhos aventuravam-se ao lado. O silêncio de Mateo convidava-os a fiar-se. A quietude dele convocava o movimento aproximativo. Mas em maio colocara uma rede para defender os morangos, na altura experiência central daquele universo com escassos investimentos no útil. E um dia achou o corpo de um desses passarinhos prendido nela. E era como um inseto morto. O peso da sua carne devia equivaler ao de uma caneta de plástico. Lembrou-se dele próprio. Em maio. Tirou a rede e nunca mais colocou. Se os pássaros queriam comer morangos plantaria mais até haver para todos. Assim contornava a morte, e assim de novo naquilo se envolvia.

Levantar a vista do pão torrado ou dos passarinhos naquele espaço era sempre descobrir outra tarefa. E se a invenção do deus com um sétimo dia de folga é a metáfora de um homem cansado, Mateo tinha-se arvorado num mortal menor, súbdito castigado doutra deidade remotamente distante, ou quase esquecida, perpetuamente metido ao criador que jamais acaba a criação. Um sísifo empurrando pedras até lugares altos de onde elas rolavam de volta ou mostravam outras que sempre aguardavam. Ao lado de plantas que mais amparar, ramos que cortar, como se do alvedrio dos vegetais e minerais mal se pudesse aguardar nem o mútuo apreço. Numa vontade encadeada de esquecimento eterno.

19

elas falam deles

tribalistas

— Atençom, mulherada, gravador andando, tcham...!
Polígono Messalina abre suas pernas –digo suas portas...!

— Mas querias fazer um artigo para onde?

— A mim intriga-me em particular para quê.

— Revista portuga, nada académico.

— Oh, conversa de sexo na hora dos licores, certamente nada académico.

— A vossa pesquisa nom é mais bem em comunidades primitivas? Casos exóticos...? O nosso é tudo bem sabido.

— Ahh primitiva é que eu certamente me ponho nesse contexto...!

–Já estou vendo: "Hábitos de acasalamento entre mulheres adultas do nosso tempo, economicamente independentes e semelhantes nas habilitações profissionais aos varões", pola Doutora V. F. Cienfuegos.

— Ah nom podes assinar umha cousa dessas, usa pseudónimo. E do meu nome nem sombra de olhos.

— O meu nome podes dizer.

— O meu tamém apagas.

— Depende do que contes.

— Depende do que queiras saber.

— Nom é fácil falar de sexo assim.

— O copo ajuda.

— Até podia ser pedagógico, para nós, digo. Poucas vezes falamos de homes entre nós.

— Tamém pode ser engraçado.

— Eu nunca entrei em confidências destas.

— Pedagogias a estas alturas!

— Queres pesquisar o quê? Afinal o sexo é aquilo que estamos fartas de saber, já nom tem mistério.

— Tem, tem.

— Em princípio queria investigar os triângulos nos tempos modernos.

— Triângulos amorosos ou sexuais?

— Vem sendo o mesmo.

— Eu creio que nom.

— Eu creio que sim.

— Eu creio que nisto nom hai triângulos, só ângulos.

— Sim, no momento do sexo só ângulos, dous lados e um único ângulo, e depois outro, e outro, e voltas ao anterior!

— Eis o triângulo.

— Antes da fofoca e dos segredos: brindo polo reencontro das amigas na frente do mar, e polo belo apartamento da Valéria que tam gentilmente nos convida. Por este instante de agosto juntas a ver o sol se enterrar no Atlântico! E por nos confessarmos sem mentiras sobre os homes!

— Bravo!

— E polo belo artigo que ela vai fazer sobre os nossos baixos hábitos!

— Baixos e ao mesmo tempo altos!

— Sublimes hábitos.

— Entom, o quê...? Sobre homes?

— Eu gosto.

— De homes? O caso é que nesse tipo de frases já nom se entende gostar deles como pessoas. Eu como pessoas cada vez gosto menos.

— Pois é, e se a pergunta está desvirtuada qualquer resposta tamém está.

— Nada de filosofias baratas, a cousa é clara: gostas de homes? Sim...? Nom...? Por quê?

— Eu gosto, e ainda nom sei bem os motivos. Suponho que gosto porque dam gosto!

— Eu sobre o genérico nom respondo, eu de um em um. Este gosto. Este nom gosto.

— Eu gosto em genérico, todos um encanto.

— Que terna tu. Nom se pode ser terna com os homes.

— Tomam-te pola mãe!

— Com alguns vale a pena.

— Só com sorte se apanha um de valer a pena.

— Que sejam umha maravilha, poucos.

— Valer a pena, onde, quando? Vamos falar de *piib* ou de homes assim em abstrato?

— Só cousa de cama.

— Falamos de *piib*, nom é?

— Creio que todos os homes som fenomenais, especialmente na hora de *piib*.

— Som tam meigos.

— Fofos.

— Aí está a maternal.

— Sabes o que é *Ir para o fofo* no Brasil?

— Imagino.

— Bons como a chuva.

— Como o milho, mas eu só gosto de pipocas!

— Som bons, mas nom tanto.

— Som todos vaidosos. Tenhem a mania de que som bons como o milho, na hora de *piibar*. Mas já me passaram alguns polas mãos e só dous ou três eram bons como o milho.

— Nomes, nomes.

— Daqui galegos ou *estrangers*...?

— Queres saber, eh?

— Podes dizer!

— Nom, nom podo.

— Está bem. E fora esses dous?

— Os outros nom prestavam...

— Quantas vezes é que *piibas*, digamos, por semana, salvo se alguém prefere dizer por mês...

— Por dia!

— Por semana está bem.

— Com o mesmo?

— Nom interessa se é o mesmo.

— Seis vezes por semana com descanso ao sábado e ao domingo.

— Eu para aí duas ou três por semana...

— Nom acredito.

— Mas várias vezes ao longo do dia!

— Depende do home...

— E quando che apetece e nom tens ninguém?

— Tomo um comprimidinho para dormir.

— Eu sem ninguém nom me apetece.

– Sem ter, nom.

– Só me apetece quando ele está presente.

– Só penso nos dous ou três dias em que descanso.

– Raramente me acontece estar sozinha a pensar.

– Nom podemos dizer que eles o fagam mal.

– Fazer mal o quê?

– *Piibar* mal.

– *Piibam*. Mal.

– Mas nom podem saber. Deprimem-se se sabem.

– E deixam de *piibar*.

– É umha seca estar explicando para que nom se torne traumatizante. Mais vale dizer que está tudo bem.

– Depois ainda é preciso mais paciência para os curar.

– Por causa disso tivem umha experiência ruim... E ele foi ao médico e tudo.

– Isso é deveras desagradável.

– Entom viu que nom conseguia... O médico explicou-lhe...

– Nom conseguia começar ou acabar?

– Nem começar nem acabar.

– Já me passou a mim tamém.

– Nom conseguia ter *piib*...

– É só umha questom de beber uns copos.

– Estivo dous ou três meses a falar com o médico e nunca se curou.

– Creio que os homes tenhem um grande complexo em relaçom...

– Hoje em dia está casado e tem...

– Os homes tenhem um grande complexo em relaçom ao *piib*.

– Nom se podem sentir diminuídos em cousa nengumha.

– Eu gosto de os diminuir.

– Diminuir é aborrecido.

– Eles nom som grande cousa. Só por si.

– Ainda bem que dizes diminuir.

– Continuo a dizer que para mim os homes nom som grande cousa.

20

amor, amores

tribalistas

— O que é grande cousa para ti? Eu nom sei o que é para as mulheres "grande cousa".

— Polo menos quarto de metro.

— Tola.

— Nom é tanto, 25 por 6.

— Visto assim...

— Isso varia de mulher para mulher.

— Isso varia mais de home prá home.

— O tamanho é claro que importa.

— Ah! Desculpa. Estamos todas crentes que depende do estado de espírito da pessoa.

— Acho que a maioria é péssima. Como relatório de avaliaçom, a nota geral é péssima.

— Nom. A maioria é ótima! Ainda que só seja porque o que se fai com eles nom se pode fazer com mulheres.

— Isso já nom podo dizer...

— Nunca praticaste?

— Ainda hai cousas em que sou virgem.

— Entom nom hai aqui ninguém que professa a bi... tal? A *piib-piib*?

— Nom.

— Olha, podo dizer que já pensei nisso. Houvo umha fase na minha vida em que eu estava tam farta deles... e foi nessa altura que se viraram para mim.

— Umha cousa é pensar nisso, outra cousa é fazer. Pensar eu tamém pensei.

— Pensei tantas vezes...

— A menos que umha pessoa tenha daquelas depressões nervosas...

— Hai dous fantasmas nas mulheres: um é esse e o outro é serem putas.

— E os homes?

— Os homes nom tenhem que pensar que som putas, creio eu.

— Alguns som, mas a maioria nom precisa de pensar.

— Pensas que és puta?

— Nom.

— Nom, mas podes ser tratada como tal.

— Nom. Nom gosto que me tratem como puta.

— Nom sei como eles tratam as putas...

— Adoro ser tratada como tal.

— Estás tola! Odeio.

— É porque nom conheceste ninguém...

— Já dixem, só dous é que...

— E eles que che faziam?

— Tudo.

— Qual é a posiçom que eles preferem?

— Todas.

— Olha esta, vai de investigadora...

— E a infidelidade, os triângulos?

— Gosto de ser infiel.

– Triângulo nom presta.

– Já falamos, só existem ângulos.

– Sou sempre com o coraçom.

– No pensamento...

– Parva...

– Que pensamento...?

– Sou quase sempre infiel com o pensamento...

– Creio que hai vários tipos de fidelidade...

– Hai a alta-fidelidade...

– Já dixem. Sou infiel de todas as maneiras.

– Hai algumhas criaturas em que o álcool tem um efeito potenciador...

– Quando som novos...

– Isso varia.

– Conforme... Algumhas vezes tem efeitos desastrosos...

– ...e efeitos espetaculares...

– Já tivem as duas cousas.

– Infelizmente... foram mais as desastrosas.

– Comigo foram as melhores!

– Estás a falar do teu lado ou do lado dele?

– Nom. Do meu lado.

– E é mais gostoso se demora moito tempo?

– Adoro...

– Moito tempo cansa-me...

– Olha que moitas vezes fico surpreendida com o tempo...

– Umha hora tudo seguido?... Meu Deus!

– Gosto de os ter cavalgando...

– Depois ficam sossegadinhos...

– Fumar um cigarrinho...

– Voltar ao mesmo...

– Nom gosto de voltar ao mesmo. Por isso só fago umha vez por dia.

– Três ou quatro vezes ao dia.

– Por mim é só umha vez...

– Mas à partida só me *piibo* umha vez.

– Algumhas vezes consigo, mas nom tenho já moita paciência.

– Se estou completamente despreocupada, gosto de passar toda a noite... e *piibo-me* mais que umha vez...

– Mesmo com umha relaçom estável de nom sei quantos anos?

– Hai moitos anos que nom tenho umha relaçom estável... Umha relaçom única...

– Amei um home hai anos, quando a relaçom acabou, andei à toa e metia-me com cada um... e nom sei quantos ao mesmo tempo...

– Na mesma cama?... Isso é outro dos grandes fantasmas...

– Aí está, isso já nom é triangular, é poligonar!

– Nom, nom... Moitas vezes cheguei a pensar que estava com um, quando estava com outro...

– O fantasma é dous ao mesmo tempo, triângulo tricêntrico...

21

Amor tamém, essa quimera

tribalistas

— É assim. Uns *piibam* e outros fazem o amor...

— Eles som umhas putas.

— Distingues entre *piibar* e fazer amor?

— Claro...

— Eu nom...

— Adoro fazer amor...

— Dá moito mais gozo... Hoje em dia odeio *piibar*...

— Os homes gostam de *piibar*, nós tamém...

— Quando conheces um home nom fazes umha seleçom prévia?

— Fago sempre.

— Eles nom fam tanto.

— Fam, fam...

— Eles som mais remediados do que nós.

— Remediados em que aspeto?

— Aceitam o que aparece.

— Para eles, quer lhes agrade quer nom, é pegar nela e...

— Se me passar algumha cousa pola cabeça, tamém sou bem capaz de ficar com o que aparecer.

— *Slip* ajustado ou tipo calçom?

— O de *lycra*...

– O calçom...

– Sim, calções com vários motivos de animais a fazerem amor.

– Eu slips, dá um ar ordinário.

– E qual é a posiçom de que mais gosta cada umha?

– Eu prefiro sempre por trás.

– Aí sou eu que fago tudo...

– Ter os comandos, eh?

– Entom por cima?

– Qualquer delas.

– Por trás tamém gosto.

– Eu sou bastante tradicional.

– Para baixo?

– Qual é a posiçom tradicional?

– Quando digo posiçom tradicional ironizo.

– Entom quais?

– Nom sei nomes, depende do companheiro.

– Mas o ideal.

– A posiçom lateral.

– É divertido, é bom.

– Eu detesto.

– É estar meio dormindo.

– Detesto por trás e vario imenso.

– Orgasmo vaginal? A grande pergunta...

– Os homes dizem-nos grandes clitorianas.

– Vaginal, mas nom sempre. Depende de várias cousas.

– Depende do tipo.

– Nom. Depende da "cousa" do tipo.

– Som todos iguais...

– Estás tola.

– Um amigo meu diz "mais vale pequena e espertinha..."

– Já falamos disso, depende da esperteza, mas tamanho ajuda...

– Imensas vezes *piibo-me* depois deles.

– Odeio...

– É umha questom de *piib*.

– É umha sorte estarmos aqui nove mulheres e todas termos orgasmos.

– De todas as maneiras.

– E o do fingimento, hai alguém que finja?

– Eu finjo.

– Hoje em dia já nom.

– Fingim numha relaçom de oito anos.

– Finjo para descansar.

– Finjo porque eles merecem.

– Finjo para descansar e por compaixom.

– Nom finjo por compaixom, mas por amor.

– E quem fala aqui? Falar... Digo quando está a *piibar*. Alguém grita?

– Eu digo tremendos palavrões.

– Eu falo, mas nom digo palavrões.

– Houvo casos em que me perguntaram se podiam dizer. Dixem que nom.

– Os tipos eram idiotas. Nom te deviam ter perguntado.

– Hai homes que gostam imenso de falar enquanto estám a *piibar*.

– E hai homes calados.

– Gosto dos calados.

– E as caras que ponhem...

– Dramatizam, tenhem cara séria.

– Botam a língua de fora.

– Para demonstrar a umha mulher que gostam dela, que se *piibam* totalmente. Nesse momento ponhem umha cara moi séria e caras ridículas. Nós somos moito mais discretas e disfarçamos mais. Com algumha dificuldade, é certo, mas com a maior das serenidades.

– Eu farto-me de berrar.

– Nisso nom consigo fingir.

– Nom quero berrar mas berro.

– Hai aqui algumha mulher fria?

– Creio que isso é um mito.

– Conhecim umha mulher que gostava de ser *piibada* por trás e por diante ao mesmo tempo.

– Disparate, só nos filmes porno.

– Alguém gosta de ser sodomizada?

– Nunca tentei. Nom sei se gosto.

– Nom gosto.

– Dói imenso.

– Gosto de fazer por trás, mas nom gosto de ser sodomizada porque dói muito.

– Tamém a mim me dói. Mas continuo a fazer porque dá *piib*.

– Tinha um amigo que usava pomada, mas mesmo assim doía.

– Por moitas vezes que se faga, dói sempre.

– Quem gosta de homes animais na cama?

– O contacto da pele é o mais importante para mim. Odeio *piibar* com homes vestidos.

– Eu nom gosto de brutos na cama.

— Todo vestido com a braguilha aberta dá moito mais *piib*, porque dá um ar de ser moito mais rápido, nem que seja o teu marido hai dez anos.

— Dá ar de urgência.

— É bom andar com dous homes ao tempo?

— É ótimo. Dous ou mais.

— Noooom...

— Nom aguentas dous, quanto mais três ou quatro!

— Só quando me separei do meu marido me dei conta de que se pode *piibar* de várias maneiras.

— Alguém tem medo da SIDA ou similar?

— Isso já está algo passado.

— Tenho medo mas nom fago quase nada.

— *Piibo* sempre com o mesmo.

— Eu *Piibo* sempre com os mesmos, e nunca me preocupei demasiado com similares.

— Os homes som uns coitadinhos e creio que devemos ter imensa paciência com eles. Porque som seres que se subestimam sempre, de forma que tenhem que alimentar a sua superioridade na cama, intelectualmente, em todos os lados...

— Na cama hai que deixá-los sentir que tudo vai bem, porque se nom se finge o home foge, e se foge ficamos sem ele.

— Desde a puta até à esposa, a mulher sujeita-se a todos os jogos, porque isso ajuda a ter o home.

— Com tal que ele fique pensando que somos a única, chega.

— Só hai algo que até agora conseguim concluir com toda a certeza sobre os homes: é que quanto eu menos lhes dou, mais eles gostam de mim e mais eu recebo.

– ***Piibar***, fazer amor... Onde fica o Amor, com maiúscula?

– Ah! Está passado.

– Amor com maiúscula? Nom existe.

– Na adolescência.

– Eu já passei por ele.

– É bonito.

– É estúpido.

– É umha seca.

– É moi raro encontrá-lo em homes feitos, umha cousa assim profunda, como estado, e para além da cama, e que dure.

– Seria o ideal se nom fosse cansativo: ele bonito, gentil, bom a ***piibar*** de todas as formas, e eu a sua única religiom. Ahh o suplício de todas as fogueiras, seria prá dar tooodas as maiúsculas!

22

conversa do comparte

Lazzarini

Fosse pela minha atitude sincera, ou pelas circunstâncias daquela noite peculiar de agosto, ele não só aceitou como daí a pouco, já estimulado pelo álcool, me contou algumas coisas interessantes para partilhar com os leitores deste género de memórias de caminho. Trocamos até alguma mínima confidência sobre os mútuos acidentes singulares da vida amorosa, que não vou reproduzir, porque formam parte da privacidade. E ele, Mateo, que afinal tinha nascido naquela *villa* mas que nela voltava por primeira vez em muitos anos, teve raivas inesperadas e dominantes para o seu longo e sentido desabafo. Falava a nossa língua com sotaque galego mas primorosamente, tanto que até se permitiu recomendar aos brasileiros que não a estragássemos tão grosseiramente quando falamos das suas *calles* e *villas* e *capillas*, pois o nome delas é ruas e vilas e capelas, ou ermidas, pois a língua de ambos nasceu lá. E devíamos deixar de ofendê-la misturando o castelhano que pode andar no ambiente e nos cartazes mas não é da terra. Como assim o nome da terra não é como nós dizemos, *Galícia*, que é forma castelhana invasora, pois só que genuinamente lhe corresponde Galiza, e por acaso não seria região nenhuma mas até nação. Defendia ele. Enfim, eu não sabia muito destas coisas antes mas deixo aqui estes pequenos recados que me foram transmitidos avançada a conversa, e até deixei itálica naquelas formas que aos seus olhos seriam disparate, e ainda espero aprender mais sobre o assunto. Este estranho Mateo vestia uma camisa branca e uma barba de poucos dias, estava algo tostado já por longos passeios à orla do mar, que confessou ser a sua ocupação diária, e o reflexo dos faróis espelhados no mar, e mesmo do incêndio colossal no Pindo, reverberando nos seus olhos verdes, levantados e perdidos nalgum ponto do horizonte da noite, colocavam em suas palavras uma ênfase serena.

Estabelecida assim alguma intimidade etílica, e tratando de desviar a conversa para temas menos polémicos, perguntei então pela sua cicatriz no dedo que tinha observado no dia passado. E, como ele me respondeu com mistério, levantando a mão em que ela estava, que aquele corte profundo tinha sido uma tangente do desastre, pensei que estaria relacionada com algum drama amoroso, assunto que eu queria evitar. Mas o Mateo apressou-se a explicar que se referia ao desastre de um petroleiro por aquelas costas, e então contou como aquilo tinha sido, com tanta minudência que não pude esquecer. Talvez a história seja julgada trivial, mas a mim, que nessa noite estava nervoso e sensível, me pareceu terrível, e quando muito tarde me retirei ao quarto anotei tudo com curiosidade de repeti-la. Agora conto-a apenas como um acidente singular da vida desta terra.

23

recorte de espectro

Aline

20 de Agosto

O eco da bandeira durante o café da primeira manhã no bar. Levantei a vista a sorrir. Claro, era isso! Já nom anda a maré negra nestas águas. Pode-se sorrir de novo e varrer em volta a paisagem deslumbrante com o olhar sem umha nódoa. Um pescador com cana à orla do mar. Três jovens estrangeiras praticando nudismo ao abrigo das rochas. Umha família com duas crianças. Um home maduro com umha daquelas feras castanhas pitbull à solta. Ninguém a tomar banho.

E eu, nengum recado do mundo. Tampouco quero. Nem telemóveis. O mundo pulando em volta sem mim, eu sem querer brincar...

E entom... vejo o espectro.

Custa-me acreditar.

Nom pode ser, penso.

Meeerda...!!! (digo para mim)

Bom, antes vejo na ponta esquerda, sobre umha crista de rocha, um corvo. Juro que vim um corvo, com o sol a levantar-lhe intermitentes fulgores de um negro irisado. Um corvo grande, com o rabo em forma de cunha. Ao princípio pareceu-me mágico acabar de ler aquilo de Poe no telemóvel e ver um corvo. O meu sorriso turístico

teria dilatado. Mas, depois, atenta ao corvo, terá congelado o sorriso. No terceiro, grande, desmaiante arrepio.
Porque era ele...!!!

Percebo que o pássaro espia a praia e as águas, como se aguardasse por algo, e isso assusta um pouco.
Alguém de fora assim turista sente que pode acontecer
qualquer cousa. Mas nom isso. Que apareça ele... Que se
tenha pensado que nom existem recados do mundo, se
nom queres ver perdidas ou mensagens no telemóvel, e
apareça o mundo de que foges, buuum, assim, de golpe...

Ou estaria sonhando?

Nom.

Escondim-me.

Corpo a terra a tremer de desmaio.

Espiando.

A poucos metros do corvo entrou na praia ele. Certeza. Ia de cabeça baixa, descalço. Ia em paralelo às ondas
que bramam com violência contra a areia. Calças arre-
gaçadas e sapatos na mão. Camisa branca. Triste. Ca-
brom. Enterra-se na parte molhada da areia e avança
com dificuldade. E alguém de fora assim turista como
eu nom poderia saber quem ele é. Mas tamém ninguém
daqui poderia reconhecer o José que juram estar de
volta. José que nom é José. Eu sei, Maruja, José Mateo
afinal. Feito senhorito agora. Em hotel. Mas é que eu
sonho corvos e realmente vejo que por trás desse home
que conheço tam bem, ou julgava conhecer, entra ainda
um pequeno bando...!?

O desconhecido-conhecido é o rapaz do corvo que a
Maruja conta...!!? Incrível.

E impossível. Impossível. Impossível.

Entra o pequeno bando de corvos no espaço da praia e todo o mundo mira o seu voo potente e direto, recebido polo corvo solitário com um groc groc groc profundo. Aí alguém de fora assim turista imagina o mágico. Eu recordo o que ainda nom sei. Está tudo claro. Mas recordo tamém o texto do Poe que acabei de ler. Alucino. A terapia anarquista que procurei estourou-me na cara.

Nunca mais, de quê e para quê ou com quem...?

Entendo só que estou precisamente na ponte a olhar a auga que já passou e nunca mais volta.

Que aquilo que podia ter acontecido já aconteceu.

O que aconteceu nom irá acontecer.

Nunca mais.

Porque será sempre igual a auga vista da ponte. Sempre igual. Nunca mais a mesma auga. Sempre igual a mesma vista. Tudo passa e tudo fica. Entendo só no desconcerto o mágico. Entendo que como aquele desconhecido-conhecido devo é avançar contra o medo.

Atravessar a ponte.

Sozinha.

24

índio melancólico
Rafael

Das funções naturais procede um carácter e Mateo foi-se tornando até mais associal e afastado. Diligente, mas reservado, num trabalho urbano de que fugia no máximo. Cadenciado a um pedaço de campo que domesticava e do qual se desviava no mínimo. Quando a sua família depois dos afastamentos aparecia, era para achar nele, à inversa do meio natural domesticado, algo de mais agreste e de menos comunicativo. Alexandre Rodrigues Ferreira escreve na Viagem Filosófica pelas Capitanias do Grão-Pará, sobre os índios amazónicos, que não é que lhe faltem acenos ou vozes para manifestarem seus gostos e dores, mas é que eles, fora do tumulto das paixões, não são homens que desperdicem palavras. E também quando Mateo andava no meio daquela natureza quase amazonense, lucense, tampouco desperdiçava palavras. O seu aspeto descuidado na harmonia puramente natural até às vezes se devia aproximar ao de um daqueles tapuia de que falava o outro, aparência de homem sério e melancólico.

Certamente, meio em índio sério e melancólico, assim andava o branco Mateo na sua breve extensão de floresta. Com aquela mesma taciturnidade com que se deitam, com ela acordam, escrevia o Ferreira – e igual Mateo que falava pouco ou nada, como eles. O que não significava que se tivessem acostumado, todos, a pensar pouco, como imagina o outro. A reserva fazia de Mateo um índio, sim, e até ele em silêncio começava a pensar nomes amazónios para pormenores do espaço. Mas não era o único no que o cansaço físico o deixava pensar. Das funções naturais procede um carácter, certo, e o de Mateo tornou-se mais sério e melancólico naquele tempo, mas não deixava de ocasionalmente pegar a caneta nas mãos endurecidas. Agora desperdiçava menos palavras até em escritas. E nem elas, como as plantas, remediavam em algo a sua melancolia.

Quase seis anos depois daquela primeira revolução antiga na vida de Mateo, quando chegava uma nova Primavera, todos os que o conheciam notaram a sua tristeza infinita que não era de um dia. Que se prolongava durante semanas. Que ficava numa evidência permanente. Um *estado korriscosso* que agora nem a escrita sarava. Mas quando chegou o sexto Verão, aquele livro que era centralmente para Valéria, apareceu de novo no país em que ela agora se achava, sem o autor ter querido ou buscado, e serviu assim como por acaso para um levíssimo repalpitar entre ambos.

Mateo teve inclusive coragem para lhe fazer uma visita naquele país, durante as férias em que o marido dela não estava, prevenido para não sofrer mas no fundo esperando tudo. No entanto ela se cuidou bem de manter a distância de deidade que a ele por um lado cativava e por outro ofendia. Tiveram uma proximidade de quase amizade enxugada em silêncios intermitentes durante algumas horas. Pizza comum a beira-mar entre turistas barulhentos. Algumas confidências frias. Ele sofreu mais uma vez, sim, mas voltou cauterizado de feridas para hastear cabeça. E pretensamente sair do poço de tristeza.

No Outono deram a Mateo no Museu onde trabalhava um novo gabinete, que começou a mobilar com um conforto desusado de santuário secreto. Um indício otimista. Eu tinha voltado para outra estadia de seis meses em Lugo, já não era um estrangeiro completo mas era ainda algo um estranho, e fui visitá-lo só por causa do gabinete. E dos comentários que as mulheres do serviço de limpeza cruzavam na sala comum que a mim me cabia no mesmo prédio. Comentários sobre as estelas de seda, sobre as fotos de plantas, sobre as cabeças de budas de que se circundara. Tinha ele ainda uma abscôndita garrafa de Madeira, não sei se para a inauguração, como assegurou, ou para achadas visitas. O caso é que fechamos a porta por dentro para fumar. E por segunda vez, na conjuntura especial que se gerou, acabou por falar daquela sua história, que eu decerto tinha dado por há muito acabada, e completou agora os capítulos. Ser eu pessoa a quem de modo excepcional já contara, porque isso assegurou também como modo de me obrigar ao segredo, devia supor para ele renovado alívio, necessitado de abrir para alguém o tumulto abafado da cabeça, sem alegorias que nada escondessem e libertado de qualquer receio por censuras, por ofensas nunca desejadas a Aline ou a uma família por quem a tanto renunciava. O meu estatuto de testemunha única também me outorgava outro privilégio, o de ouvir detalhes, sentimentos, e até suspeitas que com mais ninguém poderia discutir. Assim ele considerava, nesta segunda longa abordagem, achar-se imerso num processo moroso que queria chamar de *desapaixonamento austero* a respeito do anteriormente padecido. Quer dizer, a coisa ainda estava aí, mas ele necessitava tirar a coisa,

> *sentim-me perdido durante moito tempo. Anos. Parece incrível, mas estas cousas acontecem. Tinha que a ver e que ela me rejeitasse como ela sabe fazer, rejeitar-me subtilmente sem fazê-lo, para assim deixar eu de estar triste por culpa das brasas dela que ainda alentam. Talvez agora, sim, tudo acabe.*

25

acidente do Prestige

Lazzarini

O tal desastre foi aquele de um petroleiro liberiano chamado *Prestige,* que achando-se muito perto da costa galega, a 13 de novembro de 2002, com uma rachadura no casco, foi enviado para alto mar. Para norte, para sul, em roda, deixando um rastro de óleo tóxico durante seis dias, partindo-se em dois no dia 19 e afundando carregado com 77 mil toneladas de óleo combustível. Nós, brasileiros, creio que não nos teremos apercebido deste grave incidente, pelo menos eu, mas ficam na internet detalhes com datas e tudo o acontecido. O capitão foi utilizado como bode expiatório pelas autoridades, acabando na cadeia. Da embarcação, que ainda está no fundo do mar a 240 quilômetros da costa, derramavam cerca de 80 toneladas por dia da proa e 45 toneladas da popa. Cerca de 125 toneladas de óleo derramando-se do navio-tanque naufragado e se espalhando por toda a parte a cada dia. Um pequeno submarino francês chamado Nautile tentou tapar fendas a quase 4 quilômetros abaixo da superfície. Mas o óleo continuava jorrando. E chegando. Ameaçando a vida marinha da que era principal região pesqueira da Ibéria, disse, da que tinha sido uma das áreas mais ricas do mundo em crustáceos.

A maré negra, negada ao princípio pelos distraídos governantes (ainda não se provou que um tal Fraga, velho ex-ministro franquista que chefiava o governo autônomo da altura, não estivesse de caçada durante a crise), entrava maciçamente já por terceira vez na Galiza, nesse Natal em que o Mateo lia nos jornais desde as férias do interior sobre todo este assunto de morte. Era um Natal em que o resto do litoral cantábrico começava a ser atingido, e manchas do tamanho de Nova York já se deslocavam em direção à França.

O primeiro instinto das pessoas mais honestas da terra foi acorrer e ir limpar aquela porcaria. E esse instinto era um clamor nas veias do universo de gente que Mateo mais admirava, que se precipitou à confusa iniciativa. Como a contaminação anunciava drama para muito tempo, quem não tinha acorrido às praias por causa de trabalho, filhos, compromissos, podia ter certeza de que ainda caberia fazer, e até por enquanto ajudar de outros modos. Como mostrar a raiva para com os políticos, e Mateo já tinha estado na manifestação do dia 1 em Santiago de Compostela, a mais impressionante que a história do país recordava. Também tinha participado em livros, proclamas, e algumas dessas performances provocadoras que só os intelectuais ousam propor. Depois, no primeiro fim de semana prolongado de dezembro, o do feriado espanhol do Dia da Constituição, tinham estado mais de 10.000 voluntários limpando as áreas atingidas por toneladas de petróleo, e corria o sentimento épico e geral de querer se juntar, para isso continuar fazendo no litoral.

Muitos aguardavam as férias para ir tirar pestilência às mãos, ao lado das pessoas cuja vida tinha ficado estagnada pelo óleo, mas veio certa confusão retardatária com os feriados e com a intervenção do governo que, finalmente, "reagia". Havia um presidente do estado em Madrid chamado Aznar, que foi recebido com suásticas pintadas de óleo. Foi quando o homem visitou a Galiza no dia 15, um mês depois do naufrágio, guardado por um dispositivo policial que comandava um tal Silvério Blanco, anotei o nome, antigo chefe da Unidade de Intervenção de Barcelona, conhecido pela sua violência e sadismo, pendente de juízos pela atuação durante uma manifestação antiglobalização. E na manifestação da Corunha bateram nos galegos detidos, até depois de detidos, e antes de deixá-los no hospital. No dia 17, o então Príncipe e aquele Fraga, gerifalte local da altura de que já falei, visitaram um novo Museu chamado MARCO de Vigo, e não bem desapareceram os carros oficiais a polícia começou a bater também nos manifestantes convocados por *Nunca Mais* – nome que tomou o protesto popular, que ainda se pode ver na forma de bandeira meio pirata nalguns locais da terra. Desta vez até havia empregadas domésticas e gente idosa que tinham ido ver *O Principinho*, e que logo enviaram cartas aos jornais protestando pela deformação informativa nos meios. E no dia 18, aquele tal Silvério Blanco comandou de novo uma brutal dispersão da concentração pacífica de estudantes, levantados em greve geral, diante da Torre de Controlo Marítimo da Corunha. Houve vinte feridos desta vez, e entre eles dois jornalistas. Ainda, no dia 23, com o tal Fraga e um ministro espanhol inaugurando uma autoestrada de pago, uma centena de manifestantes foi de novo agredida e houve uma detenção.

26

morte do avô José
Aline

21 de Agosto

[o que ela me contou do avô dele]

Que se chamava tamém José. Que tinha menos de setenta anos e que estava ainda com o fato preto das cerimónias, já gasto pelo uso, quando o viu por última vez o menino. Que tinham ido juntos à missa do domingo, a três quilómetros, e tinham regressado, avô e criança, por última vez da mão. E o carro já estava à espera diante do portom. Para a entrega. E que a despedida devia ter sido rápida. A do filho e tal, algo tipo,

Estou à espera de que queimes essa roupa, hoje era dia de camisa nova, teria dito o pai do menino para o avô.

Andai para dentro um bocado, tentaria reter o desconsolado velho.

Temos ainda muito que fazer, é melhor nom atrasar.

Comei algo antes de sair.

O domingo que vem voltamos.

Vai a minha navalhinha na saca? Podo ir diante?, teria perguntado ele, o menino inocente, como um tonto.

Devias vender a vaca e vir para a vila, teria insistido o pai do menino tonto, como outro tonto. *Comei algo,* o velho a insistir.
Devias vir tu tamém, leva esta caixa para dentro, anda, seguro que estás a chorar os dinheiros – ainda o pai do rapaz com algo de culpabilidade. *Podo ir no banco de diante, podo-podo-podo...?* –insistiria o tonto inocente.

E o avô, desconsolado, teria ficado durante dilatados minutos vendo como ele, criança, acenava desde o banco traseiro, afastando-se.

O velho impedido de mover as suas próprias mãos, que seguravam a caixa de laranjas cheia de macarrom, sardinha em conserva, queijo, bolachas, café, veria como o carro se perdia intermitentemente nas curvas do caminho de terra. O amarelo artificial da cabeça da nora a ser o último em desaparecer de imediato da vista por trás no cristal do carro. Veria a brisa mover-se nos ramos altos dos carvalhos da Cajeteira. A derreter no ar os restos do barulho do motor.

E como se guardasse um último impulso da caminhada de regresso da missa, como se o filamento de cobre de um circuito na sua cabeça retomasse de novo o contacto, o avô José deveu ter completado o percurso entrando para dentro com um movimento exato de máquina antiga. Levando a caixa nas mãos. Teria entornado o portom com o pé, atravessado o pátio, subido os três degraus das escadas até ao corredor térreo. A gatinha negra teria enredado nos seus velhos sapatos novos e o avô teria atirado umha patada sem olhar para ela. Sem acertar-lhe. Como um jogo. A porta nom estaria fechada e só teria que usar dous dedos para dar um toque sem deixar de segurar a caixa. E, avançando ainda, deixar finalmente sobre a mesa da cozinha o peso. O peso. Teria sentado diante de tanto peso. E teria sido como se o filamento saltasse de novo do seu fraco ponto de contacto e se interrompesse a passagem de energia. Apagado o rescaldo. Desvanecendo-se a luz dentro da cabeça do avô. E teriam passado várias horas assim.

Teria estado de olhos perdidos na parede suja por cima da lareira. Talvez. Como se examinasse a imensidade da paisagem desenhada na aspereza dos grânulos. Como se no detalhe do cimento bravo escurecido polos fumes se projetassem os seus quase setenta anos de vida. E teriam passado horas. A hora do almoço. A hora da sesta. Merenda sem merenda. Teria estado talvez a perscrutar o silêncio da casa, a ouvir espaçadamente o corno da vaca na corte contra a porta, o hálito morno de estrumeira que baforejava de dentro por entre as tábuas e subia ao seu encontro na cozinha escancarada. Teria continuado talvez a ouvir assim a sua própria respiraçom calada. A sentir o próprio cabelo a crescer, na sua brancura mais pura que a da camisa riscada, o cabelo a crescer por baixo da boina preta. E teria continuado talvez eternamente assim se nalgum momento o filamento de cobre nom tivesse tocado de novo num ponto confuso dentro da cabeça.

Seria no instante em que nos ramos altos dos carvalhos da Cajeteira crocitasse familiar o corvo negro que o avô e o neto predileto, único, agora tirado, levado, o seu resumo último de mundo, criaram como umha aventura clandestina. Era o corvo já umha grande ave, talvez com mais de meio metro de comprimento, e tinha parelha, e tinha um bando. Voltava de vez em quando para saudá--los e teria sido o seu corvejar amigo no fim da tarde o único que pudesse levar os olhos do avô a abandonar a parede suja, a ativar-se e ouvir, a revoltar-se e mirar, em volta nada, como umha fera ele. Teria sido o corvejar que obrigou o corpo do avô a mover-se, a pôr-se em pé, os seus braços a abrir o armário embutido e a sua boca com poucos dentes, como se fosse a boca de outra pessoa, a receber um gole de aguardente. Ligeira e morna, em sensaçom de conforto, teria percorrido o corpo todo do avô, derramando-se polos canais de veias e artérias, enchendo-lhe braços e pernas com a firmeza antiga.

Teria sido depois desse momento, ainda com o fato preto das cerimónias, já gasto polo uso, que o avô saísse da cozinha e fosse procurar a casa de banho que tinha construído o seu filho numhas férias. O sol teria já desaparecido e no princípio da treva o avô teria visto ao espelho a mancha da sua cara, emoldurada pola brancura da camisa e a linha dos seus cabelos por baixo da boina preta. Ele nunca teria usado a casa de banho. Era para a criança, a casa de banho, mas no Inverno a água congelava nos canos e havia que aquecê-la no pote. Com o Verão ambos preferiam o velho lavatório, mas ele, o neto predileto, único, agora tirado, levado, o seu resumo último de mundo, começava a protestar. Ele, a criança esmeradamente servida, tinha casa de banho, mas já começava a protestar, imagino eu. Já agora se afastando para sempre nom teria nunca que protestar. Teria água quente e fria. Higiene e aquecimento. E seria bom. Melhor assim.

O avô nom conseguira ter um saneamento digno desse nome e nem queria. Nom ia querer agora que o menino para sempre se estava afastando no carro de um pai que tinha sido emigrante mas já nom era. E era melhor assim. Na aldeia nom existe um café, mercearia, peixaria, nem centro de saúde. Era melhor assim, teria pensado o avô. A única criança que tinha justificado o funcionamento da escola era o seu neto predileto, único, agora tirado, levado, o seu resumo último de mundo, mas terminada a primária nom podia continuar ali. E era bom. Melhor assim. Estudar para a vila a pé do mar. O filho do avô, pai que era ainda alguém distante, tinha regressado e tinha agora casa com água canalizada. Ia trabalhar nos barcos. Na aldeia o merceeiro só passava às quartas-feiras, se passava. Padeiro duas vezes por semana. Peixeiro já só umha vez por mês. E era melhor assim. Quem quiser mais tinha que percorrer polo menos nove quilómetros. Vinte quilómetros para um médico, se o médico estiver.

Era melhor assim. Teria repetido algo como isso ao espelho. Que era melhor assim, sem dizer, teria pensado nisso ao espelho, com um pensamento forte, a requentar-se o filamento de carne como o cobre dentro da cabeça, a ecoar no meio da treva, forte e cortante como os brilhos apagados nos azulejos por trás da mancha da sua cara, emoldurada pola brancura da camisa e a linha dos seus cabelos por baixo da boina preta, cada vez mais apagados os contornos, as mãos como garras no bordo do lavatório. Era melhor assim. Melhor assim. Melhor assim. Teria repetido. E agarrado a torneira e arrancado a torneira e batido com a torneira amarrada ainda ao seu cano contra o lavatório,

melhor assim.

É melhor assim. Repetindo sem dizer e batendo com o punho contra o espelho, contra a mancha da sua cara, que teria estriado emoldurada pola brancura da camisa e a linha dos seus cabelos por baixo da boina preta. Estriado contra os apagados contornos dos azulejos nos vidros que teriam começado a desprender, nos cacos que teriam tilintado em cascata sobre o lavatório, com gotas de sangue da sua mão ferida, sobre a pastilha de sabonete sem usar, sobre o sapato com uma nódoa de bosta, sobre o outro sapato que entom tamém teria batido contra a torneira do banheiro, e batido de mal modo que doesse, e saltado o sapato do pé e ficado o pé a doer sem sentir nada, descalço, voltado para a caixa de descarga de água, autoclismo tinha dito o filho, o pé descalço como depois o encontraram, *Melhor assim.* É melhor assim. E pegado naquilo, o filamento de carne como o cobre neuronal a arder e transferir energia e impelir os seus velhos músculos. E arrancado e atirado contra o banheiro e contra o sapato no banheiro aquela caixa de descarga de água, a água a correr entre um pé dorido e o outro ainda calçado, entre os cacos do espelho e as gotas de sangue da sua mão, numha orgia espasmódica de barulhos, *Melhor assim*. É melhor assim.

O avô teria descido ainda ao pátio para pegar na alavanca de ferro e voltado à casa de banho. Teria machucado tudo já nas trevas num rito minucioso, persistente e circular, primeiro os azulejos brancos de cima e depois os verdes de baixo, o pé do lavatório, a cerâmica, os canos, deitando os champôs *La Toja* polo chão, sem raiva, sem urgência, com multiplicada respiraçom cava, opressa.

E num resfôlego a velha máquina posta a andar na sua última carreira teria parado uns segundos a pressentir na sombra o destroço e empurrado o avô dali. Com toda a certeza, o mecanismo de autodestruiçom teria disparado à vista da criança a acenar no carro, e já nada poderia no fim do dia pará-lo. De maneira que ao passar pola porta da cozinha teria pegado na espingarda de dous canos sobre a lareira e teria passado deixando marcas de água e sangue com os pés polas escadas. O primeiro dos tiros seria estupidamente na cabeça da vaca. O segundo na sua própria cara. Na entrada da corte teria ficado a boina preta. Sem nada que cobrir.

E obviamente o bando de corvos nos ramos altos dos carvalhos da Cajeteira, imagino eu, teriam levantado um pouco antes. Quando o José começou a romper azulejos. Talvez. Mas aquele grande corvo negro, que o avô e o miúdo, o neto predileto e único, o resumo último de mundo para o velho, criaram como umha aventura clandestina, teria de certeza aguardado polo segundo tiro. Isso se nom fosse verdade devia ser. Antes de crocitar algo familiar e afastar-se na noite.

27

vizinha inesperada
Rafael

Depois aconteceu algo estranho. Valéria, e o marido, estavam de volta na cidade, e instalaram-se no mesmo bairro onde Mateo e Aline moravam. Agora sim que verdadeiramente ela, professora, nunca tinha estado tão próxima e ao mesmo tempo tão distante. Porque, como a provar uma separação intransponível, a troca de chamadas ou emails quase cessou por completo. O tempo ficou suspenso, mais triste triste para Mateo. E decorreu um ano assim. Viam-se mais, na partição de distâncias curtas. Cruzavam algum olhar, viam até o outro e a outra, que estavam legalmente ao lado da esposa e do marido, reconheciam essas pessoas. Mateo por exemplo sabia perfeitamente qual era o carro do tal, um enorme 4x4 de luxo. Sabia a matrícula. E nem era indiferente ao facto de ver Valéria, nem de ver o carro aquele, que odiava sem motivo racional. Mas ao mesmo tempo que ele começava a entontecer de novo com a vista de Valéria, e os sinais dela em volta, também aprendia a ser resistente a eles.

Um dia precisamente o carro aquele começou a não estar, nem nos fins de semana que era quando mais estava. Mateo acabou por saber, pela própria Valéria, que também o seu proprietário desaparecera. Separados. Nada aconteceu de princípio. Foi possível apenas algum café em casa dela, pois ela preferia o seu território. E mais algumha conversa, revelação complementar do acontecido. Livros de novo no meio. Trocas de novo. E Mateo, que tudo tinha afastado mas longinquamente para ela guardado, caiu reanimado na armadilha de se deixar ir. E ler. Então, oito anos depois daquela primeira revolução antiga, durante uns breves dias, esta aconteceu de novo mais estrondosa, grata, desejada. Em maio. Conhecer algum trabalho das pesquisas antropológicas dela, à volta do apetite sexual das mulheres, de cuja insaciabilidade longe de esconder também ela se orgulhava, muito ao contrário de causar no homem algum ciúme ainda mais o abrasavam. Impeliam recaídas.

E assim, sem nada previsto, apenas como uma conjunção de fatores propícios de civilidade íntima, ela perguntou numa visita porquê sentava tão longe, porquê não ficava ao lado no divã. E disse, nos olhos,

> *esse cabelo descuidado e apesar de tudo lindo, que pena estragarmos estes anos todos, os corpos a se fazerem mais velhos.*

E ele pensou o mesmo. Nos olhos. Quis dizer algo, que ela estava mais bela do que tinha estado em muitos maios, ia abrir a boca, mas,

> *cala tonto,*

um beijo longo dela o interrompeu. Um abraço prolongado lhe devolveu ele,

nom sei por quê nom vamos para a cama, perguntava ela ainda abraçada.

nom sei se saberia ir, respondia ele na falta de hábito. A mesma falta recente dela.

vamos?, dizia ela, desfazendo o abraço.

E ele a ir com naturalidade, necessidade, entusiasmo de adolescente.

Desnudaram-se de olhos dados e a excitação vagarosa dela, que a ele tanto desconcertara noutro tempo, foi agora maior volúpia. E, quando o gozo os deixou suados, a ascensão da primavera continuava a arder nas veias de ambos. Aquilo tinha sido um salto repentino que ninguém re-premeditara. E quando ele voltou à casa dela sem mais ter pensado que em vê-la e lhe dar um presente não sabia na verdade se devia abraçá-la de novo ou sentar no sofá algo distante. Sabia só que ele não podia pedir-lhe nada, nem que lhe abrisse a porta nem que tirasse a roupa. Foi ela que de novo abraçou e o gozo de tanta falta e ausência afastaram qualquer pensamento. Umas poucas horas depois, ela telefonava de novo,

vem,

e ele ia correndo. Assim.

Foram cinco dias assim. Desabando no que ele só mentalmente chamou amor. Algo que ela mencionou de viva voz a dominar os novos encontros, talvez pensando menos, acreditando menos, atestando mais que para ela era paixão, indispensabilidade, sexo. Mas para ser capaz de assumir, assim de novo tão de re-repente, Mateo insistiu em que já não a queria querer. E disse para Valéria em alto como um jogo verbal, pois só sem amá-la podia ir encontrá-la a correr sem fechar antes todas as portas, que deixava fora daquela casa, abertas. Mentalmente ele era consciente de estar a mentir. Mesmo dizendo aquilo em alto passou a padecer noites naquela semana sem dormir, e voltaram os tormentos e angústias do antigamente para chegar a ela de cabeça em alto. Mas pelo menos ao redobrar o mantra diante dela, naqueles cinco dias, quando ia encontrar Valéria, conseguia descontrair. E o sexo corria melhor no silêncio.

No entanto, ele não se sentia valente para grandes mudanças. Notava que Aline nem para fazer amor em silêncio o reclamava noutra porta, mas também que ela precisava dele para segurar-se à vida e manter em pé uma empresa comum que se tornara o sustento dela. Mateo sabia que não poderia ainda deixá-la, teria que permanecer mais tempo ao lado de uma mulher que nunca poderia maltratar em nome de outra felicidade incerta. Não poderia realmente maltratar ninguém nem em nome da felicidade própria. E suspeitava que para a de Valéria ele não era de tudo imprescindível. Valéria, então, a que falava facilmente de amor, ou compreendeu a angústia renovada nele ou ganhou outra firmeza, e concebeu para ela própria talvez um mais alto destino. Assim que de golpe num email cortante dizia lacónica e calmissimamente,

nom voltes mais.

Dizia.
Como a arremessar numa célere aragem espinhos invisíveis.

28

zona catastrófica

Lazzarini

A minha curiosidade com aspetos legais em tudo aquilo se atiçou com uma nova garrafa de aguardente de ervas, que o jovem criado que tinha ficado no bar veio abandonar ao nosso dispor. Mas perguntei-lhe, com a boca cheia de ardor, concedendo que a história da tangente cicatriz tinha que entrar nalgum momento, se ele tinha sido ferido nalgum dos protestos, ou se tinha machucado o dedo nos trabalhos de limpeza. Disse ele que não, pois houve confusão provocada pelo governo ao usar os meios e anunciar que seriam recusados mais voluntários. Queriam centralizar num seu telefone as candidaturas, e chamavam o exército e uma sociedade estatal de nome FRUGSA para o assunto da limpeza. Tudo isto incrementou mais a cólera popular, para além de que o exército espanhol só chegou a Mugia depois de o exército belga ter chegado. E dizia-se que apanhavam o óleo com tanto jeito que a subida da maré o espalhava de novo por toneladas. Também se dizia que encalhavam as suas lanchas, e estragavam nalgumas áreas o meio natural com seus dispositivos. Quanto à FRUGSA, era uma empresa de capital público à qual o governo podia adjudicar diretamente contratos, evitando a concorrência e o controlo administrativo. Por sua vez esta podia subcontratar à vontade outras empresas, com frequência ligadas aos governantes. As provisões de materiais para obras públicas, o trabalho temporal de operários com menos custos e direitos, tudo aquilo ligado à rede de 'clientelismo' típico, que significava contratar amigos ou familiares do partido, era a prática desta gente, que metia o negócio no desastre, e pagava operários ao lado dos voluntários que não cobravam.

Por outro lado, na Galiza não só não se tinham tomado medidas adequadas quando o desastre se havia anunciado, como tampouco o governo facilitou os meios necessários ao ser patente. E, finalmente, recusavam a possibilidade da declaração de zona catastrófica, porque podia implicar benefícios fiscais e reduções de impostos, e investimentos muito maiores dos previstos. A *mídia* anunciava dinheiros e dotações materiais para compensar e regenerar as costas, e enumeravam detalhes, mas eram os mesmos que nos orçamentos aprovados para esta comunidade já estavam antes previstos. Mais ainda: aparecia uma Fundação chamada *Fontao*, presidida por aquele Fraga, para gerir as incalculáveis quantidades das contas bancárias solidárias que tinham aparecido para ajudar nos custos da limpeza das praias. Entretanto, a Fundação não pagaria impostos, e os marinheiros, que tinham estado desesperados inventando barreiras e meios para apanhar ou se defender do óleo, se alguns dinheiros recebiam nas confrarias teriam de declará-los e pagar 30% correspondente ao imposto de sociedades. Por último, muitos políticos que chefiavam empresas se declaravam danificados também pela catástrofe – e a gente de boa fé ia ajudar-lhes a levantá-las!

Assegurei para o Mateo que conhecia bem essas práticas no Brasil, e achava que na Europa não acontecia o mesmo. O homem estava agora calado, bebendo, com os olhos baixos. Compreendi que aquilo ainda lhe tocava. Mesmo assim retomou a sua história e disse que, apesar de tudo, a única forma clara de fazer algo naquela altura, até de mostrar insubmissão, era limpar. Faltava esclarecer se as autoridades iriam dificultar, mas Mateo estava decidido a tentar, desatendendo outros instintos. De modo que cumpriu parte do rito das festas e acomodou a família na felicidade interior da terra, se informou com amigos de grupos ecologistas e da Plataforma Nunca Mais, e todos lhe garantiam que os governos mentiam, ocultavam, e que os braços eram bem recebidos na costa. Assim Mateo disse que ia, e escolheu ir às ilhas Ons, porque iam outros amigos, porque tinha sido destino de uma sua primeira escapada de adolescência, e porque ali a quantidade de óleo era assustadora. Só que se levantou então uma grande tempestade que impedia a saída dos barcos, e Mateo foi adiando a deslocação do interior para se dirigir às Ons, e aguardando. Pensou escolher outro ponto, porque as férias avançavam, e já que o tempo corria decidiu a ida imediata a Santiago para ali se informar e marcar horizonte, e se encaminhar no dia primeiro do ano ao primeiro ponto do litoral mais conveniente. O destino se atravessou, no entanto, na forma de um vidro quebrado, impedindo os nobres propósitos do homem, e deixando-lhe a memorável cicatriz. No hospital coseram-lhe o dedo e foi advertido para não tocar em nada e menos óleo. Assim, de mão ferida, desnorteado, voltou para casa, mas com a teima de ir à costa ainda na cabeça. Não sabia bem em concreto o que fazer, mas tinha de ir. O corte sofrido era um drama pequeno no meio daquilo e era humilhante não ter perdido o dedo, uma mão decepada, um braço mutilado, para se justificar a valer. Um estúpido corte era insignificante desculpa, apesar de no dedo todas as coisas ir bater, sangrar, doer. E mesmo assim, porque cada vez que doía lhe recordava a urgência, se fez irrefreável a partida. E partiu, o dedo a tremer.

29

morte do pai José
Aline

22 de Agosto

[sobre o que ela me contou do pai dele]

Que se chamava tamém José. Que estava ainda com o casaco grosso que lhe deram no aeroporto de chegada, em Santiago, e com a pequena saca em que tinha guardado todos os documentos e alguns presentes, a saca amarela que tinha recebido no aeroporto de partida. Que levava aquela saca às costas, e um cansaço enorme, quando divisou a luz no quarto da casa deles.

(contou em detalhe, mas sem saber bem todos os nomes ao detalhe)

Tinham sido mais de quarenta horas de voo sem dormir. Deviam ter sido algo desse tamanho. Do detalhe sem detalhe que ela me contou entendo que é desde Port Vila que foi, passando polas Ilhas Fiji para mudar de aviom. E isso tem escala no Hawai, outra mudança em Vancouver e passagem sobre o Pólo. Perde-se a conta das distâncias, dos nomes dos lugares, e das pessoas, com algo desse tamanho. E chega-se finalmente à Europa, Compostela, perdida tamém a referência do dia e das horas.

(conta-me os detalhes, mas ela nunca viajou de aviom, eu é que sei da vertigem)

Bom, o tipo tinha preferido nom avisar em casa porque desconhecia como e quando chegava. E nom havia telemóveis. Mas já foram informados do milagre inesperado que o tinha deixado salvo, do naufrágio no outro lado do mundo que o tinha poupado, mais umha vez, a ele. Nalgumhas semanas estaria de volta.

O resto é fácil de ver nos detalhes que ela dá e nom dá.

A madrugada, à chegada do náufrago, abrindo sobre as cristas da serra umha fímbria de alvorada toda pálida, por onde a luz começasse a esclarecer de manso as arestas da terra, as árvores distantes, os vultos dos montes. Algo como o que eu já vim nestes dias. Mas naquele seria só na distância do oriente, pois o céu progredia ainda coberto contra as águas do mar em camadas de nuvens cinzentas. Nuvens cinzentas, isso me assegurou ela a contar, que mantinham a noite presente após aquela linha cor de fogo e névoa, em que a cúpula cintilava contra a terra.

Bem. Sob esse primeiro clarom, equívoco e fantasmal, o José teria despedido um táxi na entrada da vila e teria aconchegado o corpo de náufrago no casaco grosso. Caminhou obviamente para a sua casa sem necessidade de cruzar ninguém, pois o terreno que compraram com o dinheiro da Alemanha chegava da estrada ao mar, antes de que os da Lei de Costas expropriassem um terço. Entretanto, a vila inteira estaria a acordar para a monótona faina de mais um dia. Os bares e os cafés a abrir, os fornos do pão a fechar, a atividade no porto a se agitar. Mas ali a vida ainda preguiçosa das lojas e gentes nom poderia ter chegado ainda no canto afastado onde estava a casa. Só a neblina estaria ali a descer por entre as fendas da cordilheira. Lentamente. Como um fume de sulfatar a rodear a casa. E a continuar por entre os pinheiros sucessivamente aspirado do fundo da cratera do mar. A poucas centenas de metros.

O tal José teria seguido o caminho de terra que arranca na estrada, adiantando-se por entre as tílias e mirtos à neblina leve que parecia só passar por aquele vergel estancado à volta da casa, com a vista posta no seu telhado, na sua pintura, nas suas janelas. O cheiro de plantas seria forte, a sálvia, o anis, a valeriana, a menta, confessa-me ela que conhece bem o terreno e até sabe de aves, e por isso tem a certeza de que tamém se teria parado (talvez) a ouvir a sinfonia de gorjeios em volta (porque ela fai o mesmo moitas vezes), o canto ruidoso do pardal chirip-chirip, provavelmente um ferreirinho cristado si-si-si-cherrr, um pombo hu--hu-hu-huu... Lavandeiras tsuiip, a cotovia uit-tuuuit, o som agradável e variado do melro que acaba em assobio baixo e agudo. Outro assobio do estorninho negro, chiuuu-uui-urulirulu. E a partir daí notas variadas de alarme tac-tac, chii-chiqui-çuchi, e o berro áspero da pega, chraaaac... Alarmes de desastre.

Os pássaros. Só eles podiam saber que ele estava ali. E as galinhas e patos, claro, como as cadelas e gatos domésticos, tamém deviam saber. Instinto animal. Deviam conhecer. Mas aceitando. Reconhecendo. Porque ninguém protestou nos cobertos com bichos domésticos. E o tal José teria seguido. Nada se inquietando à sua vista posta na casa, no seu telhado, na sua pintura, nas suas janelas, que teria rodeado até à altura das tamargueiras e dos loureiros. Até divisar a luz no quarto do andar de cima. Onde ele costumava dormir com a sua mulher. Mas onde ele nom tinha dormido com a sua mulher.

Ao mesmo tempo que lhe entrava no peito o cheiro penetrante da erva-cidreira, que teria naquele instante debaixo da cara, porque está por baixo do quarto, nesse momento teria divisado tamém as duas silhuetas que se abraçavam obscena, grosseiramente, na janela acima. No cheiro a campo tinha que andar transportado na aragem constante um repentino outro cheiro, o inconfundível perfume do salitre. E naquela cena lúbrica a madrugada deveu incutir por força ao home que mirava a lividez fria do mundo. A epiderme por baixo do casaco grosso teria ficado eriçada. Todo ele teria ficado parado algum tempo a olhar de boca aberta. Até sentir barulho no resto da casa e deitar a correr.

Consta que viu e pirou. E eu imagino que correu. Teria começado simplesmente a correr. Correr como nom tinha corrido na ilha Tanna após o naufrágio para se salvar. Correr com o medo que nom sentiu quando o pessoal da Air-Mel o convidou a subir para umha balança, quando o Trislander com capacidade para 18 pessoas meteu mais de 20, incluídos cães e porcos, e quando o aviom baixou para umha escala numha pista de relva, ao lado de umha cabana, para equilibrar o peso de outra maneira. E quando subiu ainda mais gente e o aviom conseguiu levantar sem derrubar um renque de palmeiras só por acaso. Correu como aquele aviom sem asas, desequilibrado polos presentes da saquinha amarela às costas, polas estreitas sendas sinuosas entre paredes de pedras amontoadas e silvas sob o clarom incipiente da manhã. Correu porque enganchou a roupa nas silvas. Porque tropeçou os pés nas pedras. Deveu correr como se levasse dentro aquele piloto louco que gritava Cuidado Nom Podo Desligar Motor, o sistema de arranque está avariado, Cuidado Nom Podo Desligar Os Pés, o trem de aterragem procura um muro... E nom parou até que o muro das falésias maciças se lhe acabou bruscamente debaixo dos pés. E se abriu num repentino abismo.

Certo, foi aí. O José. Deveu ir a correr. Mas parou de repente. Deveu-se logo parar assim sobre o mar. De respiraçom ofegante. Sobre a ressaca que bramia nos recôncavos das rochas babugentas. Teria pensado que nom estava vendo ainda aquilo que tinha visto na luz recolhida do quarto da sua casa, na luz do seu quarto, do quarto onde ele tantas vezes dormira. Pensaria que devia ver o prato de laplap que o chefe dos ilhéus lhe oferecera no terceiro dia, umha mistura de inhame e taro cozidos durante horas em leite de coco e temperados com todo o tipo de ingredientes. Pensaria que tudo o anterior tinha sido umha alucinaçom, o da casa e até o da ilha, e até se teria rido ao recordar o da ilha, como os tipos se riam quando ele começou a comer manga e papaia, porque as papaias eram utilizadas como alimento para os porcos, portanto era normal que um indivíduo branco, afinal de contas um porco comprido, comesse aquele fruto.

Pensaria que ele tinha sido um porco moitas vezes, nom só a comer papaia. Um porco branco que se tinha deitado com todo o tipo de porcas, brancas e negras, melanésias e chinesas, mesmo quando tentaram a aventura da emigraçom na Alemanha e ela, a mulher que tinha ficado no seu quarto, ela tamém ficava em casa cansada de limpar escadas como umha porca. E ele gastava os marcos que devia enviar ao seu filho na aldeia como um porco. Ele gastava como um porco com porcas, outras porcas. Pensava nessas mulheres, e nas dos portos que fora tocando quando tinham regressado para a terra e ele se embarcou, deixando a outra mulher, aquela outra porca, no seu quarto. Pensaria, e teria pensado que nom pensava, e teria ficado entontecido sobre a boca do mar infinito e ululante. A ouvir-lhe o soturno troar que vem do fundo do oceano. A voz das águas a bater numha raiva regular os flancos das rochas. Resolvendo-se em espuma efervescente. Até que teria visto, sobre a crista da parede distante, o pássaro do seu filho. Mais crescido do que recordava, mas sem dúvida ele.

(a Maruja na conversa jura, assegura, promete, que dizem e deve ser verdade: o corvo do diabo acompanhou o José, o corvo do demo teria a culpa toda)

O corvo. Tinha as asas lassas prendendo algo nas pedras para enfrentar o vento da madrugada. O vento que vinha da paisagem infinita do mar. O corvo que avançava o pescoço de penugem longa, dura e espessa como quem fareja, estralejando o bico, como quem tinha reconhecido. O corvo teria avançado uns metros na sua direçom com três pulos mansos. Mas acabaria por levantar do seu pouso sem um grasnido. E ficaria a voar em espiral, o José acompanhando com os olhos. E, quando o voo do corvo se lançou como umha seta de regresso a casa, o José foi atrás como um diabo.

Estava ainda com o casaco grosso que lhe deram no aeroporto de chegada, em Santiago, quando tomou aguardente na cozinha. E ainda quando subiu ao quarto de cima. E quando deu a machadada certeira no amarelo artificial da cabeça da sua mulher. Que adormecera de novo. O casaco e a sacola amarela do José cheios de salpicos. Vermelhos. Como a cara. Depois procurou umha corda para ele.

30

maldiçom de Petrarca
Rafael

Tudo o acontecido nos últimos cinco meses relatou de novo Mateo sem eu querer. Porque eu não me tinha importado nas duas primeiras ocasiões, mas já fugia agora de ouvir. Em diversas simultaneidades de serviço chegou a sugerir tomar café. Notei indícios da impaciência, com certeza necessitava desabafar para alguém do drama aquele que arrastava sem querer aceitar um final, e só eu continuava a ter conhecimento pelos vistos do assunto. E eu já não queria saber, por isso dei sempre desculpa ao mínimo sinal de querer privar comigo. Por desgraça coincidimos num jantar corporativo e ele veio do outro lado da mesa e obrigou-me a sair com ele fumar um cigarro. Meu confidente, disse, já sabes do meu caso, que

nom é nada simples.

Respondi que quanto a mim era preferível deixar como estava, guardasse o que fosse, segredos eram segredos, eu já tinha tudo esquecido. Mas ele insistia, bebia, insistia,

Tisch-Tisch-Tisch, disso nada, vinde cá meu tam certo secretário,

e entre ironias e sarcasmos levava-me a um canto e cantava. Enumerava tudo aquilo que atrás fica dito e garantia que finalmente Valéria tinha vencido, que os *espíritos visivos* emanados dos olhos dela, num relance cruel à captura como farpas dos objetos da visão, sim, também como flechas, setas que ferem quem as recebe, tinham penetrado por sua vez nos olhos dele. Era altura dos licores e comecei a ver o que ele tinha bebido, sem dúvida suficiente para estar tocado da aromática aguardente amarela. Insistia ele em que na guerra de espíritos os dela venceram, contagiaram, infetaram, o sangue dele como avisavam os antigos,

eles sabiam bem de que falavam quando falavam disso.

Os antigos. Não havia nada de poético, dizia. Os "espíritos visivos" marcaram a imagem dela no mesmíssimo espírito dele, de maneira indelével, e provocavam-lhe em queixa lastimosa os *sospiri del cuore*. Às vezes, porque outras vezes era um júbilo gozoso que o tomava quando via a dama,

ah, Guinizzelli, Dante, Guido Cavalcanti, tamém a mim Donna mi prega, e as vossas Giovanna, Beatriz, som merda branda ao lado de Valéria!

Alargou-se explicando o estado de amor como estado de erro, maldição que domina a alma para sempre, privando com o seu consentimento da liberdade anterior. Eu preferia esse discurso antes que aquele outro dos detalhes reais da história, mas mesmo assim tentei cortar e voltar dentro. Ele raramente provava vinho ou bebia, por isso nessas ocasiões ficava desarmado e desarmador. Palrador. Por vezes eloquente. Mas pesado e pouco razoável. Pegava-me no braço,

> *olha, nom hai em mim nem sombra da absoluta positividade dantesca. Nisto sou mais Petrarca: a soledade é o meu destino assumido. Só a dor do amor no meu isolamento absoluto me deixa este brilho voluptuoso nos olhos!*

E recitava Francesco Petrarca, *Solo et pensoso i piú desert campi,/ vo mesurando a passi tardi et lenti,/ et gli occhi porto per fuggire intenti/ ove vestigio human la rena stampi,* e por aí fora. Mas em breve aquele seu enlevo momentâneo e exaltado abriu passagem de novo à sombra que por baixo escondia. Confessou que certamente o contentamento tinha desaparecido da sua imaginação. Tinha reavivados momentos de tristeza infinita. Um estado que tem muitos e os mais importantes dos rasgos também atribuídos pela medicina e a astrologia antigas e medievais à *melancolia* e ao carácter melancólico. Ainda que ele, como Petrarca, nunca empregava essa palavra. E então sim que eu queria sair correndo para dentro. Mas notava a sua mão crispada no meu braço. Não me largaria de imediato. Porque o seu êxtase tinha-o sumido numa melopeia para a que eu era apenas pretexto. Eu pretexto para ouvir o resto.

Valéria estava obsessivamente nos seus pensamentos, dizia. Nas últimas semanas não havia dia em que não se lembrasse dela. Não havia momento. E no meio disso Mateo chegou a ter até tentações suicidas. Mas fez um bom diagnóstico, porque aquela profunda dor ele sabia que no fundo era consentida, sabia que, não podendo renunciar à sua outra vida, não poderia renunciar à dor pela que lhe faltava, pois ela se tinha tornado cifra da sua existência, a sua própria identidade. Um estado por vezes preferido à alegria. Uma antiquíssima história.

Só lhe faltava uma coisa, e aí eu podia ajudar-lhe, porque Mateo precisamente tinha diante, em explicação petrarquista, o segredo para ele se manter em equilíbrio perigoso, mas firme ainda no mundo: essa dor e essa dorida fenomenologia do amor eram suportáveis, doces, positivas, porque lhe davam como a Petrarca uma singularidade por cima do vulgo. Eram a condição do seu génio criador, da glória e da imortalidade. A pena a pagar, o sofrimento, a dor, seria tudo tolerável, compensatório, se assomado tragicamente ao abismo a sua excecionalidade de inspiração se efetivasse..., na escrita!

O drama, supunha eu, era que ele já quase não escrevesse. Depois daqueles cinco dias de paixão, angústia e comoção de todos os seus sistemas planetários, depois de nova facada virtual no pescoço, Mateo como Lucretius, *amantium omnium infelicissimus*, começara a cavar um novo e definitivo poço ao que tentaria continuamente se atirar. E Valéria ajudaria a que ele se atirasse e desta vez já não sairia. Salvo se tomar consciência do que eu lhe dizia, ou mais bem do que eu lhe mostrasse.

31

morte de Man
Lazzarini

No dia 2 porfiou sozinho, de regresso numa Compostela desventrada pelas férias, a telefonar e recolher hipóteses, todas fechadas pelo conselho dos amigos. Recomendavam esperar e ter o dedo curado. Mas no dia 3 decidiu fazer efetivamente algo e pegou no carro à primeira hora, com o dedo palpitante. Apesar da manhã de janeiro com chuva e frio, saiu cedo em direção Norte, como querendo surpreender o óleo pelas costas. Não sabia ainda bem como, não sabia ainda bem aonde, mas ao menos podia tirar fotos que contassem a verdade do desastre para alguém. E quando já estava no caminho se lembrou de repente do Man, "o alemão de Camelhe". Logo voltamos aqui, diga-se só agora que se lembrou deste homem, e sem ainda consciência de obedecer instinto nenhum nem de ir na direção dele. Já logo vamos em quem ele é, mas deixemos que o Mateo explique. Correu assim de carro bem para o Norte, ao Pontecesso, terra do bardo pátrio mais afamado, Eduardo Pondal. As pegadas e sombras do naufrágio se antecipavam. Já em Portomouro tinha cruzado o primeiro caminhão pesado do exército. Ainda que só em Laje fotografou as primeiras cruzes na praia que o povo ofendido tinha colocado no dia 28 de dezembro diante do mar. Do 28 dos inocentes. Cruzes pelos inocentes. Tolos. E seguindo por Trava a orla litoral, seguia ele sem ainda saber a rota que aquele tolo alemão tinha percorrido muitos anos antes.

A minha curiosidade ficou agarrada nessa figura estrangeira que tinha mencionado, mas deixei que Mateo continuasse de modo natural com seu relato, pois ele haveria de esclarecer perfeitamente de quem se tratava. O Mateo tinha lido alguns dias antes no jornal que Man, como o *alemão* preferia ser chamado, tinha sido enterrado no cemitério a pé da estrada que levava àquele pequeno porto da Costa da Morte. De modo que à última hora da manhã chegou à altura de um cemitério em direção a Camelhe e estacionou o carro. Os muros com mais de dois metros não deixavam ver dentro e fora não havia mais carros, disse, não havia mais casas, e a grande nave de muros com indícios de cemitério no meio do monte era como uma grande nave de monte com muros de barco amarrado ao cais da estrada. Qualquer coisa como isso, disse. A chuva mansa e intermitente da manhã se descortinou em súbita primavera e a mulher que acomodava flores à esquerda da grade da porta guiou o forasteiro por entre os detalhes prolongados de campas e mármores, campas e mármores, pretos e brancos, descobrindo ao fundo a passagem, e ele se achou encostado aos nichos novos das traseiras, ouvindo uma rara voz que o obrigava a escrever, com o dedo na outra mão palpitando estúpida e mínima dor por baixo da vendagem, a mão humilhada, escrever algumas frase num velho caderno. Recordando que outra coisa que podia estar fazendo não era o que podia e que o que devia era tomar nota daquilo então. Encostado aos túmulos. E me fazer o relato agora, num sopro de aguardente, aquilo com detalhe.

À esquerda da grade da porta uma mulher acomodava flores à altura da cabeça, e era o primeiro ser humano que Mateo encontrava em horas, disse. Intercambiou uma saudação discreta e a mulher dissimulou no seu arranjo floral a curiosidade pelo passeio errático dele entre os mármores, entre campas e mármores, pretos e brancos. Fulgentes. A atmosfera luminosa dentro. Luminosa e calma. Parecia Primavera ali, assegurou, embora isto acontecesse em janeiro. Mateo, procurando entre as campas, foi descobrir uma segunda secção de cemitério à direita, e ali quatro pessoas. Um casal idoso, um homem de trinta e tal e um rapaz de sete ou oito anos. Todos olhando curiosos e repentinamente calados para os movimentos lentos e cautelosos de Mateo, a fingir que buscava calmo o túmulo que realmente buscava. Reparam nele até que regressou à parte central, revendo cruzes, nomes, sem indícios de flores recentes, sem indícios de mortes recentes. Engoliu saliva e achou que já tinha sido paciente, delicado e dedicado, o suficiente com mortos e vivos, e caminhando para a saída foi perguntar. Interpelou a mulher e ela, que devia ter estado o tempo todo esperando a pergunta, se precipitou a descobrir ao fundo da esplanada tumular uma passagem escondida na parede, a explicar e quase a levar da mão.

Um espaço novo e grande e uniforme e feio se abriu, o cemitério ampliado às traseiras. E ali estava. A morte asséptica muito mais aos quadradinhos. A campa na parede. E Mateo ficou vendo, sozinho. A mulher voltou às suas flores e ele ficou vendo. Se aproximando. Na fila 519, parte superior, o lugar, um beco com os restos do *Alemão*. O cartaz de *nunca mais* bem visível ao pé entre as flores. Frases nas coroas a ligar o morto ao mar, frases com nomes de amigos, vizinhos. Mateo começou a anotar no caderno que já me havia mencionado, e eu acreditei, e acreditei em que o sol naquele cemitério seria morno e em que ele, apesar do horrível aspeto industrial daquela parte, se achasse bem. Aquecido. Encostado nos nichos novos para escrever no caderno, de cabeça convulsa pelos dias precedentes. Ali recordou os sentimentos agudos que se começaram a insinuar no meio das férias do Natal interior, com a catástrofe do petroleiro pairando por toda a parte. No 29 de dezembro tinha comprado os jornais e tinha lido, para além dos grandes titulares onde afloravam as verdades inutilmente ocultadas pelos governos galego e estatal, as reportagens com os protestos de toda a parte contra a sua torpeza, as fotografias das manchas negras na areia e nas pedras, os uniformes dos voluntários, os esquemas do percurso errático do barco, os balanços apocalípticos, a especulação científica. Tinha lido num canto que no dia anterior dos santos inocentes fora achado sem vida, no piso de terra da sua modesta cabana, Manfred Gnädinger, conhecido como *O Alemão* de Camelhe.

32

vida de José, incógnita
Aline

23 de Agosto

[o que ela me contou dele]

Pouco. Basicamente o lampejo estridente que o tornou um home. Quando tinha ainda as botas de borracha e o cheiro a peixe colado à roupa e se apresentou na taberna do porto. Com a famosa navalha de barbear na mão. Quando todo o mundo o olhou e todo o mundo achou, com algumha inquietaçom da consciência, que era justo ele ter a navalha na mão e até querer usá-la. Porque o rapazinho fora ficando sozinho naquele casebre sem outra companhia que o corvo de três patas que o seu pai tinha achado moribundo e um dia lhe dera. Isto foi assim: Após a morte do avô, o José neto tinha querido recuperá-lo no pássaro que ambos criaram na serra. Recuperá-lo noutro pássaro igual. E tinha acarinhado quanto bando aparecia nos contornos. E os corvos perceberam. E os corvos apareciam. Os corvos. Podem ser moi inteligentes, jura Maruja. Exibem sinais de inteligência, planejamento, comunicaçom entre indivíduos. E até se sabe que hai corvos que fabricam e utilizam pequenos instrumentos para ajudar-se na alimentaçom. O menino sabia bastante disso. O menino tinha ido à escola sempre, sempre antes do assunto, e era esperto, moi inteligente. Contava o dos corvos para o pai, quando vinha das suas singraduras e lhe perguntava sem convicçom pola escola. Dizia-lhe o José neto que em testes específicos de habilidade animal os corvos costumavam atingir alta pontuaçom. E nom comiam só cousas mortas. Nom. O menino tinha aprendido moito sobre eles. Tamém comiam pequenas aves e mamíferos, dizia, pequenos invertebrados. E podiam comer ovos, caracóis, cereais, sementes, frutos. Os corvos. E som lindos, pai. E grandes, pai. Nidificam entre fevereiro e março. Corvos. Os seus ovos tenhem umha cor azul esverdeada clara, com manchas castanhas. Olha neste livro. Entre 4 e 6 ovos. E mantenhem a fidelidade. Casais monogâmicos. Pai.

33

distância insular
Rafael

O capítulo que ele ainda não me tinha contado só isso confirmava. Mateo tinha começado a cavar novo e definitivo poço. Porque ele tomou mais um café com Valéria, bar neutral, um acaso que ele notou nela mesmo como algo concessório, nada entusiasmante, e intercambiaram planos vagos. Ele disse que talvez partisse com a sua família uma semana a uma ilha, a velha mania de ir fazendo juntos alguma viagem de lazer antes que os filhos se negassem definitivamente a acompanhar, uma outra teima de Aline que só pensava nos filhos e nas suas futuras memórias, como sempre se despedindo do presente em aras do futuro incerto. Valéria disse que talvez fizesse algo parecido com as amigas, eram elas que tratavam do programa. E despediram-se um do outro, ele sempre insatisfeito, incompleto, insaciado. Ela com uma firmeza como de ir contra uma preguiça obrigada, tomar um café com ele.

E o seguinte encontro de ambos foi no aeroporto, desconcertante, ele no meio da família e ela no meio das amigas, o destino prodigiosamente igual. Coincidente. Uma das amigas dela, que também eu conheço, tinha coincidido com ele na faculdade. Foi a que o cumprimentou cordial. Ela não. Seria disparate. Ela foi seletamente para outro canto e aguardou cautamente rainha. Depois, ficou a dois lugares na frente dele, nem uma única vez o olhou. Mateo tinha sonhado tantas vezes com Valéria ao lado num avião, partir para longe ambos, de mãos dadas sobre as nuvens, que aquela evidência contraditória lhe resultava arrasadoramente desconcertante. Também os dias naquela pequena ilha, onde começou a pensar nela a cada minuto, a vê-la em cada cara, reconhecê-la em cada corpo em roda de mulheres que em toda praia a pé de hotel o carro alugado deles ia palmilhando. Mateo não se entregava ao sexo havia tempo e menos na ilha, mas imaginava como essas viagens de mulheres adultas eram, libertas e apetentes alegres de sexo e aventura, na procura de sol e experiências. Talvez até numa das comidas regadas pelos agasalhos insulares as três amigas partilhassem as suas memórias de homens, talvez até Valéria confessasse o motivo de se ter afastado no aeroporto, e risse, rissem todas, porque tinha sido *uma experiência*. Passada. Nada a ver com amor.

Contudo, no último dia daquela infernal semana na ilha coincidente Mateo recebeu mensagem de Valéria, macia como uma carícia, a mensagem. Tudo a ver com Amor. Falariam de volta na cidade, à que por fortuna retornaram em voos separados. E na cidade, depois de vencer a ansiedade imediata, depois de se atar as mãos várias vezes, Mateo telefonou poucos dias mais tarde para ela. Mas ela não respondeu. Aconteceu uma segunda vez não responder. Nos TM sempre ficam indícios das chamadas, pensou, se ela tinha apagado o número dele era terrível. Se não tinha apagado era pior. Desconcertado como um pássaro na cidade, voltava agora da sua floresta no campo a rondar o bairro que ainda era dele, mas que era sobretudo agora dela, por se casualmente a fosse achar. Espreitava até para a janela dela como um mentecapto.

Sim, falaram, ao telefone, dias decorridos, aparente normalidade e até afabilidade. Mas nem sombra de outra brandura. Nem sombra de mensagem, carícia. Mateo queria encontrá-la por acaso, não forçar o encontro que não sabia pedir, e sonambulamente de vez em quando pegava no carro e voltava da quinta à cidade dar uma volta só na rua calma onde ela morava. Numa ocasião o encontro ansiado aconteceu de repente a pé, ela voltando para casa acompanhada da irmã e outro homem. Mateo desceu do carro em que ia, só porque reconhecido, e foi apresentado, breves formalidades, umas frases amáveis, e ele apercebeu-se de Valéria com uma ponta de impaciência cordial querer cortar mais conversa. Por um lado, Mateo sentiu um alívio imenso porque durante aqueles poucos minutos temeu toda a artificialidade das suas próprias frases e os sorrisos de repente ruir com uma súplica, com a pronúncia de algo estranho que parecesse louco ou demasiado estúpido à gente estranha para quem não sabia se ele também o era. Por outro sentiu uma dor terrível no peito. Enfim, Mateo ficou à espera, mas nada aconteceu depois. Ela nunca o chamou, ele um par de vezes. Longe os tempos em que era ela a interromper a vida atribulada no meio da família dele, *vim Valéria na rua mais duas ou três vezes, na distância e afastamento inevitável da marcha, do ir de carro quase todas. Ela viu-me a mim tamém algumhas, os nossos olhos se entrecruzaram. Eu nom sei o que nesta altura lhe quero dizer. Sei que ela nada me quer já dizer. Vou fumar de vez em quando um cigarro ao pé da sua janela à noite, tarde. Às vezes tem luz. Às vezes podo distinguir a silhueta. Numha ocasiom, antes da chegada das chuvas, cheguei a internar-me nos jardins selvagens de umha casa em ruínas na proximidade da sua, na esperança de ver melhor o interior da sua, a sua sala branca onde já tenho estado, a sua cama onde já me achei. Só na esperança de vê-la a ela. Sentim depois vergonha, mas dias mais tarde, tornando para casa de madrugada de novo na cidade, nom resistim passar de novo à janela para ver se havia luz. Tudo isto é estúpido, mas é já como um rito. E é tamém de umha beleza extrema.*

34

inocentes no cemitério
Lazzarini

Desde o século IV comemoram a matança que Herodes ordenara, e a tradição cristã misturou isso com a Festa dos Tolos do paganismo. Neste reino cristianíssimo juntou-se mesmo o que noutros pelo menos ainda se separa, quer dizer o Dia das Mentiras é o dos Inocentes. Quer dizer, o nosso primeiro de abril acontece aqui conjuntamente com o dia dos Inocentes, no 28 de dezembro,

assim é neste resignado reino, e é o que merece ele e os que nele habitam, tamém as nações esmagadas que tudo engolem e mesmo a raiva,

disse de repente Mateo. Fiquei, portanto, sabendo que nesse mesmo dia também decorre o Dia das Mentiras deles, e penduram bonequinhos, como a Inquisição colocava bonequinhos nos penitentes antes da fogueira,

inocência e loucura, conjuntamente, os tolos e os inocentes,

disse Mateo. Os meios de comunicação também participam da festa como acontece no nosso primeiro de abril, e publicam notícias falsas. Mas o dia este em concreto aqui passou com morte real de inocentes, e embora o cristianismo não pesasse nada no ânimo de Mateo, ele não conseguia imaginar, disse, símbolo maior para a desolação e morte que os galegos, "última merda para uma distante e imperativa metrópole", garantia Mateo, estavam a sentir naqueles dias. Desolação na paisagem, na economia, nas pessoas. Perda por toda a parte, atingidos de morte neste canto chamado Costa da Morte. E petroleiro e alemão e morte se afigurando para Mateo indissolúveis no cenário daquelas semanas, e ele, embora cadáver adiado como toda a gente, jurava estar mirando aquilo e algo ou alguém no cemitério, algo que lhe pedia ser recordado e contado. Repetir o juramento, *Nunca Mais*.

Com os reflexos dos faróis e o incêndio distante na cara, Mateo contraiu-se num silêncio saliente. Creio que esse juramento podia ter outro significado mais pessoal na sua rememoração. Mas em breve retomou o seu relato. Pareceu-lhe de repente, agitado, que não se estava explicando,

eu queria é ir voluntário limpar, apenas e inocentemente isso,

disse. E tudo se tinha atrapalhado naquele propósito e ali se viu encostado nos nichos novos de um cemitério, espreitando, se tomando o pulso de contar um dia o que estava sentindo sem ainda saber, sem saber bem a quem contar.

A aparição do grupo familiar que Mateo tinha visto no outro lado do cemitério foi surpreendê-lo assim encostado, e deixou de rascunhar. A saudação se transformou, quando o olhar nos olhos foi inevitável, em curiosidade decidida no homem de meia idade, que olhava para Mateo e dava vozes ao filho, e olhava para as coroas e falava sobre as flores olhando outra vez para ele,

devia ser boa pessoa, o alemão,

falou para o chegado recente o meu amigo. E o outro, então, desatou a falar, mas só depois de advertir que Mateo lhe resultava conhecido, que talvez tivesse visto na televisão, disse. Ao que Mateo, rindo por dentro da interrogação indireta, assegurou que não era provável porque aparecia pouco,

mas sou boa gente, pode estar descansado.

E já o freguês expansivo ia se atribuindo a razão e começando a contar, ao tempo que pedia à mãe,

roga umha oraçom ao alemão, anda lá.

Mas a velhinha, que seguia cantando nos contornos a felicidade de ter um nicho reservado ao sol para a eternidade, pouco caso deu ao assunto.

No entanto o freguês tomou a peito ser ele a explicar tudo e, se bem que a versão divergisse nalgum ponto doutras que depois iria conhecer Mateo, foi aí que soube por primeira vez a surpreendente história: Manfred Gnädinger tinha nascido em Dresde, ou bem, segundo outra fonte, em Radolfzell, perto de Friburgo, concretamente a 27 de janeiro de 1936, segundo constava no passaporte. No essencial, parece que um jovem loiro e educado, elegante, de 1,78 de estatura, tinha chegado a Camelhe quarenta e tal anos antes, na véspera do dia das festas do santo Patrono da vila, o Espírito Santo. Uma madrasta teria metido Manfred numa instituição pública, onde teria permanecido até aos 18 anos. O paroquiano acrescentava ser *De telenovela, nom é...?* E com a maioria de idade, Manfred, o último de quatro irmãos, teria saído da Alemanha e iniciado um percurso pela costa Atlântica da Europa, Bretanha, as Landas, costa cantábrica, *Até à nossa Assíria esquecida*, disse Mateo. De Ferrol seguiu até se encontrar na praia de Trava, Laje, munido de dicionário, com um pescador, José António Arnosi, descendente de um italiano que trabalhava num circo. Esse José levou o forasteiro para Camelhe, porto escondido da Costa da Morte, onde havia quem o entendesse. Ali iria ficar Manfred o resto da vida. Ainda teria que descobrir Mateo depois, nos jornais, um perfil biográfico a falar nisto, a preencher pormenores: a primeira noite do alemão passada na casa de *Lola de Benadita*; que na casa de *Carme de Chuco* lhe tinham reparado uns sapatos; o primeiro alimento oferecido, banana com pão; a primeira casa em que viveu, emprestada de graça por Eugénia Heim Haitcz, alsaciana que tinha casado na Argentina com o emigrante José Banha – e que sabia alemão.

Manfred morou na casa emprestada durante quase dez anos. O freguês do cemitério não sabia se nessa altura já se dedicava a pintar. Mas pintava, claro que pintava, já enviava trabalhos por correio. Averiguou Mateo que o jovem Manfred teria lecionado na Suíça antes de chegar a Camelhe. Que teria estado na Itália aperfeiçoando a sua técnica. Que dedicava atenção à Documenta de Kassel. Que encomendava livros de arte à Alemanha. Que tinha dado um aparelho para que lhe gravassem as obras do Museu Rainha Sofia. Que, enfim, não era o desnorteado alemão que depois ficou, pois vestia com elegância nos primeiros anos, e até frequentava os ofícios religiosos aos domingos, para deleite da autoridade. Um Manfred que ainda não chamava a atenção por assunto artístico ou interesse por animais e plantas que apanhava e estudava em casa. Um Manfred que não estava louco. E o freguês tocava aí no de ser amigo das cobras, porque até tinha com ele, tinha cobras. Mas achou que isso seria depois. *Depois de quê*, perguntou Mateo. Um provável namoro de Manfred. E Mateo imaginou aí a fronteira entre a aparente lucidez e a incerta loucura. O freguês distraidamente contava. Manfred começara por manter longas conversas com Maria Teresa, jovem professora de escola primária que queria aprender a língua do estrangeiro, e todos os domingos depois da missa se encontravam. Ela acabou aprendendo alemão. E casando com um marinho mercante. Manfred acabou abandonando a sua vida de senhor. E transformando-se em Man, o homem, artista. Talvez a fronteira tivesse passado por aquela mulher.

Man abandonou a roupa comum, depois até quase a roupa. Grandes distâncias nadando, entre Camelhe e Trava, com toda a aldeia espreitando o disparate, apostando se conseguia chegar no outro lado. Grandes distâncias correndo, de pés nus, com toda a aldeia comentando, alcunhando já abertamente de tolo o fulano. Depois a recolha de materiais diversos para transformar em obras de arte. Os vizinhos lhe cederam um espaço em que instalou um labirinto de esculturas, formas arredondadas sobrepostas, onde morou como eremita, vegetariano, de escasso contacto social, consagrando a fama definitiva de estar algo louco. Só pedia uma moeda por visitar o museu. Depois comprava papel e pintura e rogava ao visitante que escrevesse o nome e aquilo que lhe inspirava a visita. Conflitos com vizinhos, momentos violentos a partir de 84 com a construção do dique de abrigo, porque as raízes das árvores e lixos de seu museu eram arrastadas pela maré com perigo dos cascos dos barcos. E Manfred enfrentou as máquinas e a construção do dique de abrigo. E foi espancado. Mas tudo se foi resolvendo. No testamento as suas pertenças e depósitos bancários, com perto dos 60 mil euros, foram legadas ao estado. Recentemente tinha padecido a primeira crise de saúde conhecida, e fora obrigado a seguir tratamento periódico no hospital. O informe médico final fala de insuficiência respiratória. Mas todos na aldeia sabem que a maré negra sobre o museu foi a causa que precipitou sua morte. Agora todos lamentavam. Gostavam dele. E pediam às mães,

reza umha oraçom ao alemám, anda lá.

Coitado do alemão.

35

restos de vida escondida
Aline

24 de Agosto

O rapaz sabia que os corvos vivem em bandos, e eles apareciam em bandos à volta da casa. Mas a mãe nom gostava. Entravam na casa e roubavam brincos, pequenas cousas. E a mãe nom gostava. Com ele tinham confiança, pousavam na bicicleta, um diante, outro por trás. Ele gostava deles e eles gostavam do rapaz. Mas a mãe nom gostava de tanta simpatia mútua. E um dia matou um corvo aos paus diante dos outros, que fugiram. Mas os corvos voltavam porque fai parte da vida, a morte, eles compreenderam, e voltavam. Mas quando a mãe depois conseguiu apanhar um desses bichos dentro do quarto, e atou o corvo com cordom, para vê-lo sofrer durante dias, os outros nom voltaram. A morte fai parte da vida, mas a falta de liberdade nom fai parte da vida. Tamém para os corvos.

De maneira que o José pai encontrou certo dia um projeto de corvo moribundo e trouxo para ele, para o filho, que todos chamavam de Josezinho, embora fosse José e outra cousa, ou outra cousa só, para mim, para o resto da sua vida fora dessa. E o rapaz ficou feliz nessa velha vida ainda, lembrando o avô no bicho, e deu nome ao bicho para fazer mais humano. Chamou primeiro

Óscar. Chamou depois Óscar Guai. Especialmente raro, o corvo Óscar Guai, nom só polas três patas que tinha, sério. Três, todo o mundo garante, mas tamém raro pola cor negra que, ao ir crescendo o pássaro, moito depois de faltar a mãe, e o pai, moito depois daquele drama brutal que os levou a ambos, umha cor negra que devolvia debaixo do sol nom aquele negro irisado de todos os corvos, mas umhas estranhas refulgências avermelhadas.

Depois veio o José e mais algumha cousa, veio esse neto e filho doutros Josés, ficar sozinho. Rapazito órfão e sozinho no mundo por mais de um ano. Bom, com o Óscar Guai do tom negro com refulgências avermelhadas nas penas, que as más línguas afirmavam ter só aparecido depois da manhã fatídica. Isso afirmavam na taberna-sem-nome do porto, quando o José e mais algumha cousa moço nom estava. E riam, assegurando sarcásticos que os salpicos do casaco do pai atingiram tamém o pássaro. Ou que as refulgências avermelhadas nas asas se deviam ao vinho que mandavam servir para ele num cinzeiro triangular de metal, desses da marca Cinzano. E riam sempre com o miúdo e o corvo. Exceto quando se lhes foi a mão com o bicho e ele apareceu com a navalha de barbear. E deixou de ser o menino de ranho na cara. E começou a ser um capitám triste de 15 anos.

Que história mais louca. Como se pode esconder umha história assim durante anos sem ficar louco...!? Coitado.

36

medicina preventiva
Rafael

Estive para lhe dizer que evidentemente ela já não gostava. Tu já não prestas para ela, pá. No mais mínimo. Seria bom tomar aquele antigo conselho que a própria lhe tinha dado. Pensei até em ser mais cruel, sugerir-lhe que fodesse mais com a sua mulher. Mas preferi ser apenas antipoético para lhe estar à altura. *S'amor non è, che dunque è quel ch'io sento?* Falta de sexo, amigo. Evidentemente o que faltava ao Mateo e àqueles colegas todos da *stilnovìstica* era sexo. Valéria gosta é de sexo, todo o mundo, não dessas complicações todas. Se alguma razão tinham aqueles clássicos era em qualificar de insânia ou loucura isso que anda chamado de *amor*. Palavras. Na realidade é certamente uma doença humana. Raios visuais emitidos pelos olhos da moça aos que acompanham os *spiritus* ou vapores sanguíneos? Penetração pelos olhos do moço até ao coração, infeção e contágio do rapaz, do seu *spiritus* e sangue pelos alheios, com gravado da imagem do objeto amado incorporado...? Tretas. Metáfora prolongada para alguém maximamente passado de voltas se poder explicar. Em Mateo essa lengalenga precisava ser completada por uma boa dose de abraços noutro lado. Ou no seu defeito bofetadas de realidade neste mesmo lado.

Em quê acreditas tu, Mateo? Acreditas realmente no que pretende Ficino? Que os seres humanos, vítimas desse amor negativo ou perverso, desenvolvam um movimento de relação com o seu objeto amoroso a través de sentidos mais altos do que gosto ou tato, porque estes para ele não comunicam beleza, porque as suas perceções são "simples" e a beleza é "harmonia" de partes? Acaso tudo isto não tem por objetivo conseguir a união de dois corpos...? Não, isso não é impossível. E tal nem é loucura nem rebaixamento da espécie humana, nisto somos todos um bocado animais. Valéria também. Ela a que mais. Por muito que goste de sonetos e de livros. Acaso não é disso precisamente que se trata, de descer ao nível ontológico do corpo, da matéria, mesmo da bestialidade? Quem defende hoje que uma paixão afasta os seres humanos da sua dimensão originária intelectual e divina? Ficino...?

Mateo, Mateo, que saberá Marsílio Ficino sobre os mecanismos fisiológicos que geram a insânia em geral e em particular essa insânia que ele chama "amor ferinus", amor selvagem, para distingui-la do verdadeiro e único amor, o "amor divinus". Que porcaria é essa do amor divino? Quem pode acreditar hoje nas palavras desse tipo quando afirma que a insânia dos que amam perdidamente surge por uma enfermidade do coração, motivada pela retenção nele de três humores, o "sangue adusto" ou queimado, a "bile adusta" e a "bile negra". E se estes três humores chegam ademais ao cérebro produzem outra classe de insânia que é a "amência"...? Por todos os poetas e filósofos da história, Mateo, sejamos algo sensatos. Ahh, Mateo...

Existe só um modo de curar estes coitados que amam perdidamente. E Mateo admitiu com resignação que voltaria a estar à janela da amada. Nessa mesma noite. Um homem traça um círculo em volta, assegura um provérbio africano, e defende os que nele entram contra o resto. Valéria poderia ter estado nesse círculo ao seu lado mas sendo a única habitante dele ou nada. E agora era nada. Ela viajava sem mais nele pensar. SPAs e hotéis confortáveis. Ela era desatada, independente e algo cruel. Ele teria que reportar-se ao que queria conservar. E ir ver de fora da janela o perdido. Podia ainda fazê-lo heroicamente, e reportar-se à glória do vivido, na escrita, ou bem na saúde pura. Eu posso ajudá-lo, claro que posso, até para não mais ouvi-lo. Mas antes que na escrita dele, que também, na saúde dele, curá-lo.

O que Mateo ignora é que entre a segunda vez que me falou nisso, no seu escritório, e aquela terceira no jardim do restaurante, quando me obrigou a sair para fumar e contar-me, eu conheci Valéria. As confidências dele, evidentemente, só as suas excessivas confidências, tiveram toda a culpa. Aquele segredo deveu-me dar uma inevitável profundidade para olhá-la que ela interpretou como algum outro mistério qualquer quando nos encontramos. O caso é que reparou em mim. O caso é que ela tinha necessidades como todo o mundo. E nestes dois últimos meses foi a mim que consentiu satisfazer, de certeza a única dieta que evita toda sombra de insânia ou "amência" em Valéria. E por descontado em mim. Durante todo o resto do ano, com contrato pendente nesta terra, espero continuar a fazer pela saúde de ambos. E cada noite que o tratamento seja na casa dela acenderei todas as luzes das estâncias todas por trás das cortinas, para que do outro lado dos vidros um observador persistente da rua repare bem no nosso rebaixamento como espécie humana, no sermos ambos um bocado animais na união dos corpos, no gosto e tato de uma paixão verdadeiramente divina. E quando cansado, exausto de verdadeiro amor, me aproxime da janela e afaste a cortina para fumar um cigarro, vou deixar pairar sobre a noite um sorriso e uma frase muda,

olha bem para mim, rapaz...!

E antes ou depois Mateo, como um escanzelado Korriscosso à fria esquina, entre o nevoeiro, verá e confirmará e fará um esguio relevo de poste elétrico, e poderá deste amor ferinus elevar-se depois para o único talento que ele sempre teve, para além de sofrer. Escrever. Por isso sinto que lhe estou a fazer um favor. Lançar ao desassossego final o seu coração doente será porventura o único modo de que ache o desfecho em beleza extrema da sua tortuosa história. Isso lhe dará, talvez como a Petrarca, uma singularidade por cima do vulgo. O custo disto, a amargura, a dor, será tolerável, compensatório, será nada, porque tudo terá valido a pena se, assomado tragicamente ao abismo a sua excecionalidade de génio, se efetiva em escrita.

E tudo terá valido a pena, sim, para ele, se Mateo abandona aquela esquina, na noite em que finalmente veja e entenda. E corra isto escrever. Mas, sim, valer a pena para ele...? Quanto a escrever, por acaso com a mão de um desconhecido que passava por aqui, desacreditando no amor, um turista, viúvo, ateu em tudo...? E escrito como uma espécie de crueldade, para que o outro se cale, cure, prove que ambos desacreditamos também em compensações de escrita, isso que raramente chega a tempo de ver-se...?

Ahhh seja como for aqui está. Porque, não é verdade que tu já não acreditas, nisso de posteridade, fantasia, estúpido, como nisso do *amor divinus*, Mateo, e se escreves é para já nunca mais voltar à escrita...? Porque toda escrita é já passado e tu assumes o passado (todo) para ter algum presente...? Deixarás Valéria ir finalmente à sua vida, para ir à tua...?

37

Jonas nas dunas

Lazzarini

Mateo sentiu que tudo aquilo o atingia, mas não sabia ainda bem quanto. Poucos dias depois do encontro no cemitério, quando já sabia que tinha ido ali para depois falar de que tinha ido, recortou na imprensa as últimas fotos de Man. Parecia um Cristo. Pedia que não limpassem seu museu, que as pedras tintadas de negro ficassem assim, testemunhas da história. Um olhar tristíssimo. Velho. O jornal comentava aquilo que ultimamente andava a sonhar Manfred: o mar que tinha trazido para Camelhe o óleo iria trazer também a última baleia negra, tão grande como a Costa da Morte. Ele a enterraria ali, tinha dito, e seu gigantesco esqueleto formaria parte do museu, como formava o esqueleto do próprio Man, marcado na massa do dique de abrigo do porto, sobre a qual ele se deitou quando o tinham construído, apesar dos ofendidos operários. Só depois, sobre o jornal, se recordaria Mateo de ter achado nesse dia a outra massa, muito mais mole e espalhada, grande como a Costa da Morte, grande como gigantesca baleia negra e morta, quem sabe se a última, quem sabe se *nunca mais*, se deitando por cima de todos os cinco dedos do deus que, afirmam, tinha descansado sua mão sobre esta terra após a criação do mundo. Os dedos de deus marcados nas Rias, entrantes do mar, baías, nesta costa castigada.

Os esqueletos de Man e da tal baleia iam misticamente unidos no mesmo círculo atingido de morte. Para muitos galegos, assírios bombardeados, disse Mateo, petroleiro/ alemão/ desastre, iriam ligados para sempre no cenário dessas últimas semanas de 2002. Mateo tardaria o resto desse terceiro dia de teima em perceber o instinto de elevar uma oração por Manfred, em Nínive, por ele próprio, no caderno, e muito tempo depois estar a contar-me. O freguês do cemitério, que naturalmente não sabia tudo, ainda na altura queria falar mais, e ainda lhe assegurou a Mateo,

veremo-nos abaixo,

decidido a meter o bigode nesta oração que já, ele sim, pressentia. Mas não se encontraram abaixo, porque Mateo foi às fotos na parte oposta do raro museu. Andou a achar cobras mortas, a serpe que talvez tinha acarinhado Man. Andou à procura das formas circulares e esféricas longe das que Man tinha reunido, e não achou formas limpas. Estava só a sombra da morte. Da baleia. A morte negra por toda a parte. A Costa da Morte. E ficou resignado por fim a visitar as colunas do museu, a amostra de cosmos agora negro, sem cores. E depois o museu do mundo, do alemão e de todos os galegos, e tudo estava ali mais negro brilhante até aonde o mar alcançara. E embora cadáver adiado como toda a gente, Mateo me garantiu que andou a mirar mais para teimar menos e finalmente se ouvir. Tentou voltar a Santiago mas sem saber como se achou de coração aflito percorrendo o resto da costa (ainda da morte), de estômago vazio pelo dia inteiro de jejum, de olhos muito verdes cheios de negro, até ao pôr do sol nas gigantescas dunas de Corrubedo ao sul do crepúsculo. O tamanho da baleia negra era enorme.

Entrada a noite, Mateo abandonava as dunas, frio e esfomeado, com os pés cheios de areia na procura do carro, quando dois militares o pararam de lanterna na cara. Perguntaram o nome, pediram se identificar, e garante que respondeu,

meu nome é Jonas,

e que repetiu sem medo. Eles o olharam desconfiados, leram o documento que desmentia. E ele garante que ficou firme, entendendo aí, pronunciando o falso nome, todo o sentido dele que só naquele instante tinha assumido. Entendendo que ele tinha sido engolido, mas sobrevivido à baleia, que tinha sido vomitado sobre aquelas dunas, e que tinha era de elevar uma prece ou algo como isso por Manfred, em Nínive, e por ele próprio. Porque o dedo ainda lhe palpitava, porque os ninivitas deviam saber da soberba e o mundo devia saber dos ninivitas e querer neles justiça. Os militares olharam para a máquina de fotos, olharam para os seus olhos verdes na lanterna. Como se olha para os loucos. Para os inocentes. E sentiram o que ele ia sentindo, e lhe deram de volta os documentos. E até as boas noites.

Mateo tem agora uma cicatriz no dedo, que me mostra, bebendo a seguir com a outra mão os restos da sua aguardente de ervas. Acrescenta que quando se curou foi então limpar nas praias, e sentiu mais descontentamento por não cair a ira de deus sobre os culpados. E garante então ter compreendido,

> *tudo isto de morte e costa e alemám e barco, naufrágio, petróleo, som apenas sinal de um outro tormento, global, como a cicatriz,*

disse. Um sinal de que os deuses não viriam salvar nada neste canto do mundo, acrescentou, porque na Galiza já não existem. Pareceu-me que também a outra cicatriz dele era maior, a que escondia no coração. Levantou então a vista para a noite iluminada no horizonte por uma linha de ardência, e assegurou,

> *os últimos deuses estám a arder neste instante no Monte Pindo, e deles na Galiza só ficam cicatrizes: a terra está apenas na mão dos mortais.*

Ficamos ambos em silêncio. Numa derradeira cortesia trocamos endereços antes de nos despedir, assim que foram essas as últimas palavras que conservo na memória daquele estranho e melancólico galego. Também a imagem mais viva dele, olhando a terra ardendo na noite iluminada. Eu mal consegui dormir um pouco quando já abria o dia, pensando em tudo o que o Mateo tinha falado. Pensando que tanto ele como esta terra necessitavam e mereciam todo o meu afeto... E quero que você saiba, e por isso tem que ser você o primeiro que leia os meus pobres apontamentos. Com amizade e a melhor vontade de entender.

38

horizonte em chamas
Aline

25 de Agosto

Ele nunca me tinha falado da sua infância, nem da juventude. Da sua tristeza.

Nem dos motivos para necessitar escrever.

Nunca tinha querido recordar onde se criara, donde era, e eu até pensava que vinha da zona de Vigo, Cangas em concreto, para onde voltou a tia retornada que o levou com ela e o mandou para Santiago, mais de um ano depois daquilo. Estudar. E eu nunca o obriguei a contar, acatei, calei sobre isso porque o seu calar delatava que algo lhe doía. Juventude dura. Trabalho pesado. Um puro acaso poder estudar. E nengum acaso o talento para ser alguém. Mas triste. E sei agora que nom devim calar, acatar, que devim saber obrigá-lo a contar, como esses casais monogâmicos de bichos que estranhamente ainda o estranham.

Eu tamém o estranho. Na altura de encerrar um luto. Fuga. E umha escrita estúpida. A terapia cega. Que agora me parece só com algum sentido se ele a lesse. Entendesse. E como entendo eu a esta luz os motivos da sua escrita, necessidade dela. Que eu nunca me preocupei por entender, nunca necessitei como agora necessito.

Como pode haver estas coincidências? Ou nom será coincidência nengumha...? Realmente o mundo é um pátio pequeno onde tudo é familiar, gasto. Estamos colados ao espaço diminuto onde nos movemos sem mover-nos. Rodopiamos.

E estou cansada. Cansada. Cansada.

Quero viver.

Levanto a vista para o monte Pindo, que arde apoteoticamente agora no horizonte como umha pira. E tudo parece, agora, um ritual onde se queima o corpo do mundo, no fim de algo, e arde tudo como arde o tempo e o passado. E eu pequena ao lado desta luz de desgraça percebo só algo mais o que me acontece. Nom sei se o suficiente para alcançar o que daqui na frente passe. Por enquanto sair da casa da Maruja, que ofereceu um café quando baixe. Vou pagar e dizer-lhe que o tomo no hotel. Porque conheço o home da história dela e vou falar com ele. Tenho tanto que falar calada. Tanto que ler. Tanto que, a medo, tamém deixar ler.

39

escrita e espelho
Rafael, Mateo

Tudo poderia valer a pena, talvez, se tivesse abandonado aquela esquina, naquela noite em que finalmente vim e entendi, e fosse fazer o que sabia, ou pensava que no desespero sabia. O que podia, apenas. Escrever. Talvez, valer a pena se valesse algo a escrita.

Mas nem para o desconhecido que passava por aqui, desacreditando em lirismos e estados de alma, vale a pena. Rafael anota em pormenor confidências de um desesperado tarado, dá para ele, para mim, para que escreva. Escreve, reescreve, toma, como umha espécie de dádiva cruel, para te limpar por sempre a espuma exacerbada de qualquer sensibilidade branda, para calá-la, educá-la. Por se talvez ainda te serve.

Mas se para ele nom presta deveria eu aprender da sua última aula, viver. Pôr-me à sua altura e provar que ambos desacreditamos em compensações de escrita, isso que raramente chega a tempo de se ver. Porque sabemos bem como isto funciona. Porque é impossível que alguém cabalmente acredite na miragem de posteridades, fantasias néscias, como a do *amor divinus*. Porque a escrita pouco vale e se o vale nós nunca vamos saber. Tu, eu, apenas quem ler.

Mas já se provou como de diferentes somos. Rafael mostrou, Mateo garante. Se eu pego no recado e escrevo e reescrevo isto, se mesmo invento um arcanjo, responsável por anunciar a vinda de um juízo final, talvez seja para já nunca mais temer um passado concreto, com seus deslumbramentos e suas mágoas. E os dous, que podemos ser o mesmo, este espelho apenas no meio, assumirmos assim que o nosso cruzamento ficou enterrado e pacífico, sem rancores, como os anos aqueles que tanto doeram nessa paisagem para a que nestas páginas todos e todas fugimos. Agradeçamos todos. Todas. Fiquemos em paz. Diante do sepulcro que este livro tamém é.

Só cabe um sorriso petrificado sobre tudo isto, em quem levantou a campa e enterrou anjos e arcanjos, sobre tudo o que já desaparece e ao tempo fica. Pacificado. Sorriso ou esgar, por se saber ridículo o esforço em deixar constância. Mão na caverna. A pedra único espelho, a esconder a convicçom sarcástica sobre a história que se encerra, e a sua escrita, como todas as histórias, como todas as escritas: o passado é imutável mas acaba por descansar. O que venha rápido já é outra área que se abre e nalgumha sua aresta ou ângulo, em breve ou com mais demora, tamém todos e todas vamos sumir. Como todas as paisagens e personagens e olhos que o vejam ou leiam. A profundidade infinita dos triângulos multiplicando-se por um tempo que até parece eterno mas nom é. Porque até as fogueiras arrefecem.

posfácio explicativo

SOBRE CONTEÚDOS

Qualquer parecido com pessoas ou acontecimentos reais nom é casualidade. O autor emprega nesta história confidências alheias, elementos biográficos, experiências modificadas e observações carregadas, naturalmente, com umha pitada de imaginaçom. Estám ainda nom só homenagens e lascas doutros livros como até tiradas explícitas de que nom vale a pena dissimular parentescos: Eça de Queirós, com referência clara a dous ou três contos e vassalagem bem concreta ao intitulado "Um poeta romântico". De modo igualmente evidente, mas sem indicaçom da fonte, anda aí algum Camões. Menciona-se às claras o trabalho teórico "Amor, Spiritus, Melancholia" de Miguel A. Granada. Aparecem ainda tiradas adaptadas de um artigo anónimo publicado no século passado na mítica revista *K* de Lisboa. Tamém foram tomadas impressões que constam em diários publicados por peregrinos do Caminho de Santiago, aparecidas em páginas web. Em "Ein Tanker, ein Deutscher und der Tod: Eine Chronik von der Costa da Morte", *Tranvia – Revue der Iberischen Halbinsel* (Berlin, 2003), publicou o autor umha crónica sobre Man, cujos elementos centrais retoma aqui. Do poema "The Raven", de Edgar Allan Poe, com a sua traduçom por parte de Fernando Pessoa, ficaram indicações manifestas. Outros ecos possíveis andam sem dúvida inseridos, sem que o tal se lembre bem agora onde repercutem exatamente.

SOBRE ORTOGRAFIAS

No 24 de junho 1891, o nosso patriarca galego Manuel Murguia, esposo de Rosalia de Castro, proferia em Tui o famoso discurso dos Jogos Florais. Nele estava a emblemática frase, «*Nunca, nunca, nunca, pagaremos ôs nosos hirmáns de Portugal [...] qu'haxan feito d'o noso gallego, un idioma nacional*». No final da década anterior (1888), já Antonio da Iglesia González publicara o poema «Ortografia Gallega» em vários jornais (*Galicia Humorística* em Maio, *O Tio Marcos d'a Portela* em Junho). Nesses versos, a língua galega tem pais nobres e séculos de antiguidade, nasceu antes que a língua de Castela, e a portuguesa deve-lhe quanto ela pode, pois escrita está polo grande Camões. Ademais, a sua representaçom fonética é um estorvo, requer estudo como acontece noutras línguas, sendo imprescindível render-se às leis que conservem o seu nome e fixem a sua estirpe. Aos bons literatos recomenda estudo e prática etimológica, e neste sentido pergunta, «¿Vedes facer outro tanto/ ós poetas e escritores/ de Portugal, sendo a mesma/ vosa língoa e voso corte?» (vv. 161-164).

O galeguismo histórico, finalmente apercebido do passado comum, começava a defender o referente lusógrafo para a ortografia do galego futuro. Tanto nos mencionados jornais e revistas como noutras publicações e manifestações, em consequência da difusom dos textos medievais, teriam lugar debates sobre a norma de escrita. Entre eles, *El Heraldo Gallego* (1874-80) sugeria que o galego se diluísse no português, ao que se opunham críticas de *El Diario de Ferrol*. Em 1887 participam no debate *La Concordia de Vigo*, para quem se trata do mesmo idioma a um lado e outro do Minho, e o *Diario de Lugo*, onde se defende que se trata de dous idiomas só unidos no passado. A prática lusógrafa já se acha no bardo pátrio, Eduardo Pondal, em cujo poema que será Hino nacional da Galiza clama polo acordar do sono e à nobre Lusitânia tender os braços amigos. E emprega "g" e "j", *cingido, injuria, generosos*, depois deturpados. Mas antes disso chegar, nos princípios do século XX, a lusofilia galega atingiu máximo esplendor em tempos da república prévios ao golpe militar, e em coincidência e sintonia com a geraçom portuguesa da Renascença, que favoreceu a intensidade das trocas. Na Galiza, as Irmandades da fala (1916), a revista *Nós* (1920), o Seminário de Estudos Galegos (1923), animadas por personalidades como Risco, Viqueira, Vilar Ponte ou Otero Pedrayo, empenhavam-se na superaçom do ruralismo e na evoluçom da língua e da cultura galegas rumo à unificaçom e purificaçom descastelhanizadora, assim como à convergência galego-portuguesa.

Um golpe militar e a longa ditadura arrasariam isso e mais. O ditador assegurou um retorno à monarquia, antes de falecer tranquilamente na cama, e é nesse momento que se recupera a suposta democracia. É também quando se consagra o atual "galego" escrito à espanhola, que se reclama de "oficial" na Galiza, instalado da mão de forças tardofranquistas confortavelmente adaptadas à situaçom. Desnaturar, esconder e até perseguir a ortografia pró-lusógrafa, que tinha sido o instinto mais de um século atrás discutido e defendido, foi a prática censora desse tardofranquismo. Os galeguistas históricos foram assassinados no golpe ou morreram no exílio posterior, de modo que ao aparecer a proposta espanholista para o galego, e se ver inevitável, um incipiente e novo galeguismo, rebelde dentro da Galiza (que nom Galicia), passou/passamos à resistência.

A Associaçom Galega da Língua (AGAL) foi umha das várias estruturas que tentaram apresentar científica e organizada oposiçom. Nom só por dar continuidade a um rumo histórico, mas por evitar o precipício que para o galego representa empregar a mesma ortográfica do idioma principal do estado em que estamos inseridos e que continua a devorar o galego. Já que o Brasil e Portugal escreviam diferente, a AGAL, para além de elaborar um sério *Estudo Crítico* da pretensa norma *oficial* espanholista instalada na Galiza, produziu um prontuário ortográfico próprio, dicionário de verbos e proposta de *norma galega,* que colocava as nossas peculiaridades ao lado das grandes variantes lusógrafas. Eis a velha "norma agal", distinguível polos *umha, -çom,* etc, defendida como alternativa, e que aparece tamém neste livro –aparecem, aliás, tanto esta como as variedades brasileira e lusitana. Embora umha representaçom da AGAL participasse como observadora convidada no Acordo de 90 no Rio (e por essa causa até se inserissem 'galeguismos' na proposta do novo Acordo, lembro-me agora do vocábulo 'brétema'), o AO nom funcionava e a 'norma agal' continuava usada, ao mesmo tempo que os padrões internacionais do português se faziam mais frequentes. Quando o AO finalmente pareceu implementar-se em toda a Lusofonia (mais ou menos), o seu emprego tamém aumentou na Galiza, onde se continua a usar indistintamente tanto a "norma agal" em vários graus de intensidade como as variantes luso-brasileiras.

Haveria bastante mais que acrescentar. Quem tiver interesse polo assunto poderá achar ampla bibliografia e até informaçom na web. Para o caso que nos ocupa, já que o caráter da narrativa permitia que as vozes narradoras admitiessem o matiz distintivo que tentei referir, o autor achou por bem servir-se deste meio para apresentar tal realidade ao Brasil. Deste modo, fazendo uso da ampla liberdade que o editor nos concedeu, aplicamos na ortografia das páginas anteriores amostra da dita resistência galega organizada, ao lado das outras grandes variantes lusógrafas, todas legítimas e operativas. O livro dá conta dessa diversidade, viva na Galiza, onde continua a haver pessoas que sabendo-se sem pátria sentem no entanto a existência de mátria e querem frátria —e nunca, nunca, nunca, deixarám a sua língua desaparecer mansamente.

Este livro foi composto com a tipologia
Century e impresso em papel
Pólen Bold 90g/m² em outubro de 2021.